REBIRTH
ACE 리버스
에이스

KB012822

REBIRTH
ACE 리버스 에이스 15

한승현 장편 소설

초판 1쇄 찍은 날 | 2017년 10월 19일
초판 1쇄 펴낸 날 | 2017년 10월 26일

지은이 | 한승현
펴낸이 | 예경원

기획 | 위시북스
편집책임 | 이규재
편집 | 이즈플러스

펴낸곳 | 예원북스
등록번호 | 제396-2012-000132호
등록일자 | 2012. 7. 25
KFN | 제1-166호

주소 | 경기도 고양시 일산동구 호수로 646-24 위너스21 II 빌딩 206A호 (우)10401
전화 | 031-819-9431 팩스 | 031-817-9432
E-mail | yewonbooks@naver.com

ⓒ한승현, 2016

ISBN 979-11-6098-584-9 04810
     979-11-5845-486-9 (set)

REBIRTH ACE

리버스 에이스

WISHBOOKS MODERN FANTASY STORY

한승현 장편소설

15

극복하다

Wish Books

CONTENTS

96장
뉴욕 뉴욕(1)

레드삭스와의 3연전을 2승 1패로 끝마친 양키즈는 곧바로 오리올스와 홈 4연전에 들어갔다.

　후반기 들어 오리올스의 상승세는 무서웠다. 지구 최하위 레이스와의 3연전을 모두 쓸어 담으며 전반기 네 경기 차이였던 양키즈와의 격차를 세 경기로 좁혀놓은 상태였다.

　"한정훈이 등판하지 않는 만큼 3승 1패가 목표입니다."

　오리올스의 빅 쇼월터 감독은 지역 언론과의 인터뷰에서 3승 이상을 거두어 양키즈와의 경기 차이를 좁히는 게 목표라고 말했다. 경기 일정상 한정훈의 시리즈 등판이 불가능한 만큼 이 기회를 놓치지 않겠다고 선언했다.

　볼티모어 언론은 한술 더 떠 내친김에 4연승을 노려야 한다고 목소리를 높였다.

양키즈의 선발 로테이션이 꼬여 버린 만큼 가위바위보 싸움만 잘한다면 시리즈 스윕도 충분히 가능하다는 이야기였다.

오리올스의 4연전 선발 라인업은 4선발 틴 베리-5선발 크리스 리크-1선발 크리스 탈먼-2선발 마크 라이트 순이었다.

그리고 양키즈가 예고한 선발은 다나카 마스히로-루이스 세자르-하리모토 쇼타-테너 제이슨 순서였다.

오리올스 언론은 다나카 마스히로가 정상 컨디션이었다면 첫 경기의 무게감은 양키즈 쪽으로 기우는 게 당연하다고 말했다.

비록 올 시즌 기대만큼의 성적을 내지 못하고 있다 하더라도 다나카 마스히로는 작년까지 양키즈의 에이스 노릇을 하던 메이저리그 9년 차 베테랑 선발투수. 오리올스 선발진에 합류한 지 3년 차인 틴 베리와 비교한다는 것 자체가 무례한 짓일 수밖에 없었다.

하지만 오리올스 언론은 다나카 마스히로가 손가락 물집에서 완벽하게 회복하지 못했다는 걸 최대 변수로 지적했다. 실제 불펜 피칭에서도 다나카 마스히로는 정상 컨디션을 회복하지 못한 것처럼 보였다.

오리올스 언론은 경기 당일까지 다나카 마스히로의 컨디션이 돌아오지 않는다면 1차전은 난타전이 될 가능성도 배제할 수 없다고 전망했다.

그리고 정말로 난타전이 된다면 타선의 짜임새에서 한 수 위인 오리올스가 양키즈를 제압할 것이라고 내다봤다.

아울러 양 팀 5선발이 맞붙는 2차전도 같은 이유로 오리올스의 우세를 점쳤다.

객관적인 실력은 서로 백중세. 하지만 부상에서 회복한 이후 제구에 문제를 보이고 있는 루이스 세자르보다 최근 상승세인 크리스 리크 쪽이 경기를 리드할 가능성이 크고 예상했다.

오리올스 언론이 이번 4연전의 최대 격전지로 꼽은 건 3차전.

올 시즌 에이스로서의 위용을 되찾은 크리스 탈먼과 양키즈의 좌완 에이스 하리모토 쇼타 간의 매치 업이었다.

개인 성적 면에서는 크리스 탈먼보다 하리모토 쇼타가 더 나았다. 하지만 상대 성적은 정반대였다. 제구력이 좋고 다양한 구종을 구사하는 크리스 탈먼은 적극적으로 방망이를 휘두르는 양키즈에 상당히 강했다.

올 시즌 포함 3시즌 동안 5승 무패. 평균 자책점 1.50. 오리올스 언론에서 양키즈 킬러라 부르는 게 어색하지 않을 정도였다.

그에 비해 하리모토 쇼타는 메이저리그 팀 출루율 3위 팀인 오리올스를 상대로 별다른 재미를 보지 못했다. 팀 타순도 짜임새가 있는 데다가 대부분의 선수가 유인구에 잘 속아 넘어가지 않다 보니 어려운 경기를 치를 수밖에 없었다.

마지막 4차전도 오리올스의 선발 카드가 우세해 보였다. 오리올스의 선발투수는 크리스 탈먼과 번갈아 가며 에이스 노릇을 하는 마크 라이트인 반면 양키즈는 테너 제이슨이었다.

지난 레드삭스전에서 테너 제이슨이 호투를 펼친 게 변수이긴 했지만, 오리올스 언론은 마크 라이트가 무난히 승리를 거둘 것이라고 예언했다.

반면 양키즈 언론은 한정훈이 없더라도 양키즈가 오리올스에 시리즈를 내주는 일은 없을 것이라고 일축했다.

다나카 마스히로와 루이스 세자르의 컨디션이 좋아 보이지는 않지만 하리모토 쇼타와 테너 제이슨이 지난 경기에서 좋은 모습을 보여주었던 만큼 최소 2승 2패는 거둘 것이라며 오리올스의 도발을 맞받아쳤다.

그렇게 오리올스와 양키즈 언론이 팽팽히 맞선 가운데 1차전은 오리올스가 가져갔다. 양키즈 타자들이 1회에만 3점을 뽑아내며 틴 베리를 집중 공략했지만, 그보다 먼저 다나카 마스히로가 강판을 당하고 만 것이다.

3회까지 잘 던지던 다나카 마스히로는 오리올스 타선이 한 바퀴 돈 시점부터 전혀 다른 투수가 되어버렸다. 사사구와 안타를 번갈아 허용하더니 중심 타선에게 홈런까지 내주며 6실점으로 무너져 버렸다.

다행히 타자들이 경기 후반 동점을 만들며 패전은 면했지만 9회 초 돌아온 델리 베타시스가 역전포를 허용하며 7 대 6, 한 점 차로 오리올스에게 경기를 내주고 말았다.

1차전에서 아깝게 패배했던 흐름은 2차전으로 이어졌다. 루이스 세자르가 모처럼 6이닝 3실점 퀄리티 스타트를 기록했지만, 팀 타선이 전혀 터지지 않으면서 3 대 0으로 완패하고 말았다.

세 경기였던 양 팀의 격차가 한 경기 차이로 좁혀지자 뉴욕 언론은 경고를 쏟아냈다. 이대로 3차전까지 내줄 경우 정말로 시리즈를 스윕 당할 수 있다며 양키즈 선수들의 분전을 촉구했다.

"이거 오늘 데이트하기 힘들 거 같은데."

가족들을 한국으로 돌려보내고 김초롱 아나운서와 첫 데이트를 하려 했던 한정훈도 핸드폰만 만지작거렸다.

만에 하나 하리모토 쇼타가 경기 초반에 난타를 당할 경우

어쩔 수 없이 데이트를 미룰 생각이었다.

하지만 한정훈을 대신할 수 있는 건 하리모토 쇼타뿐이라는 뉴욕의 한 언론 기사에 자극을 받아서인지 하리모토 쇼타는 9이닝 동안 안타 4개만 내준 채 무실점으로 메이저리그 데뷔 첫 완봉승을 따냈다.

최종 스코어는 1 대 0. 오리올스의 에이스 크리스 탈먼을 상대로 그린 버드가 홈런을 때려낸 게 결승타로 기록되었다.

바닥을 치고 반등한 양키즈는 3차전에 이어 4차전까지 쓸어 담았다. 마크 라이트와 테너 제이슨의 선발 맞대결이 팽팽하게 진행되면서 7회까지 0의 행진이 이어졌지만 8회에 오리올스의 불펜을 두들겨 5점을 대거 뽑아내며 5 대 1로 승리를 거둔 것이다.

시리즈 스코어 2승 2패. 서로 헛심만 쓴 시리즈의 승자는 다름 아닌 레드삭스였다. 양키즈에게 1승 2패로 일격을 당한 걸 만회라도 하듯 다이아몬드 백스-인디언스로 이어지는 4연전을 싹 쓸어 담았기 때문이다.

그렇게 5경기까지 좁혀졌던 레드삭스와 양키즈의 격차는 7경기 차이로 벌어졌다. 양키즈와 블루제이스는 여전히 두 경기 차. 블루제이스를 제치고 잠시 3위 자리에 올랐던 오리올스는 다시 한 경기 차이로 밀려나고 말았다.

"내가 쇼타 녀석에게 고마워할 날이 오다니."

하리모토 쇼타의 호투로 연패가 끊기면서 한정훈은 약속대로 김초롱 아나운서를 만날 수 있었다.

첫 번째 데이트는 평범했다. 사람들의 시선을 피해 호텔 레스토랑에서 간단하게 식사를 하고 대화를 나눈 게 전부였다. 뭔가 뜨겁고 격정적인 연애를 원하는 여자였다면 답답하고 고루한 데이트 방식에 학을 뗐을 것이다. 그러나 다행스럽게도 김초롱 아나운서는 헤어질 때 먼저 애프터를 신청했다.

"다음번에는 언제 시간 괜찮으세요?"

"아나운서신데 바쁘지 않으세요?"

"저는 아직 신입이라 올해까지는 일을 배워야 해서요. 시간 많으니까 언제든 저 보고 싶으실 때 연락 주세요. 아셨죠?"

김초롱 아나운서는 예쁜 만큼 배려심도 많았다. 한정훈이 유명 선수라는 점도, 연애 경험이 많지 않다는 점도 충분히 이해해 주었다. 덕분에 한정훈도 훈련에 방해가 되지 않는 선에서 김초롱 아나운서와 메시지를 주고받으며 감정을 키워 나갈 수 있었다.

내일 경기하는 날이죠? 이제 일찍 자야 하는 거 아니에요?

네, 이제 자야죠.

미안해요. 제가 너무 오래 쫑알거렸죠?

아니에요. 저도 초롱 씨랑 대화하는 거 좋아요.

그런데 저하고 대화 나누는 것만 좋아요?

그, 그럴 리가요.

헤헤, 정훈 씨 내일 경기하려면 얼른 자야 하니까 여기까지만 할
게요. 내일도 꼭 이기세요. 아셨죠?

네, 이기도록 노력할게요. 그리고 초롱 씨 때문에 방해받는 거 하
나도 없으니까 걱정하지 마요.

한정훈은 김초롱 아나운서와의 연애 감정이 삶에 플러스
가 됐으면 됐지 마이너스가 되지는 않을 것이라고 확신했다.
아직 정식으로 교제하기로 한 건 아니지만 김초롱 아나운서
처럼 멋진 여성과 감정을 쌓아 나가는 것만으로도 하루가 남
다르게 느껴질 정도였다.

하지만 안 하던 연애 사업을 하다 보니 아무래도 경기에
영향이 미칠 수밖에 없었다.

―아, 구심. 몸에 맞았다고 선언하는데요.

―유니폼을 살짝 스쳤네요.

―정말로 몸에 맞은 건 아니지만 규정은 규정이니까요.

―이것으로 오늘 경기 두 번째 몸에 맞는 공이 나왔습니다.

―그런데 오늘따라 좌타자 몸 쪽으로 들어가는 공들이 지

나치게 붙는 듯한 느낌입니다.

　—확실히 평소보다 어깨에 힘이 들어간 것 같습니다.

　—컨디션이 좋지 않아서일까요?

　—오히려 컨디션이 너무 좋아도 어깨에 힘이 들어갈 수 있습니다. 투구 수는 많지만, 구위는 여전한 걸로 봐서 오늘은 컨디션이 지나치게 좋은 날인가 봅니다.

　나흘을 쉬고 홈경기에 등판한 한정훈은 자이언츠를 상대로 7이닝 3피안타 3사사구 무실점 승리를 따냈다.

　탈삼진을 13개나 뽑아낼 만큼 공은 좋았지만 깐깐한 구심의 스트라이크존 탓인지 여섯 명의 타자를 출루시키며 로키스 원정에 이어 가장 높은 피출루율을 기록했다.

　그러나 양키즈 언론은 한정훈의 투구에 대해 별다른 걱정을 하지 않았다. 오히려 양키즈 불펜이 8회와 9회를 무실점으로 틀어막고 한정훈의 승리를 지켰다는 사실에 초점을 맞췄다.

　한정훈도 자이언츠 전 투구 내용을 일시적인 것으로 받아들였다. 경기가 끝나고 잠시 고민에 빠지긴 했지만, 김초롱 아나운서의 축하 메시지가 날아오자 언제 그랬냐는 듯 웃어 넘겨 버렸다.

　어쨌든 한정훈이 첫 단추를 잘 끼워 주면서 양키즈는 자이언츠와의 홈 3연전을 전부 쓸어 담을 수 있었다.

물집에서 완전히 회복되어 2차전에 선발 등판한 다나카 마스히로는 6이닝 2실점 호투를 펼치며 시즌 7승째를 챙겼다. 매 이닝마다 안타를 맞고 주자를 출루시켰지만, 특유의 노련한 피칭을 앞세워 병살타만 3개를 유도해 냈다.

3차전 선발투수 루이스 세자르도 모처럼 제 역할을 다했다. 7이닝 1실점. 부상 복귀 이후 가장 오랜 이닝을 버티며 가장 적은 점수만 내주었다. 덕분에 양키즈도 안타 6개만으로 승리를 챙길 수 있었다.

선두 레드삭스와의 격차를 다시 여섯 경기 차이로 좁힌 뒤 양키즈는 곧바로 애스트로스와 원정 3연전을 치르기 위해 휴스턴으로 날아갔다.

홈 10연전에서 7승 3패를 거두며 반등에 성공했지만, 뉴욕 언론은 이번 원정 시리즈 역시 양키즈에게 만만치 않을 것이라고 전망했다.

전반기 와일드카드 순위에서 양키즈에 세 경기 반 차이로 뒤졌던 애스트로스는 후반기 10경기 동안 9승 1패를 거두며 양키즈를 바짝 따라붙었기 때문이다.

현재 양키즈와 애스트로스의 경기 차이는 한 경기 반. 이번 3연전에서 양키즈가 1승 2패로 밀린다면 양키즈와 애스트로스의 격차는 반 경기까지 좁혀지게 된다.

만에 하나 애스트로스가 3승을 챙겨간다면 양 팀의 와일드카드 순위마저 뒤바뀌고 만다. 양키즈 입장에서는 2승 1패, 그 이상을 노려야만 하는 상황이었다.

그래서일까. 양키즈 조지 지라디 감독은 물론이고 BJ 힌치 감독까지 총력전을 선언했다. 경쟁 팀과의 맞대결에서 얻는 1승은 1승 이상의 가치를 하는 만큼 이 기회를 놓치지 않겠다는 것이었다.

공교롭게도 양키즈와 애스트로스는 모두 5연승을 달리고 있었다. 양 팀 모두 이번 시즌 최다 연승 기록이었다.

[양키즈와 애스트로스, 연승을 이어갈 팀은 누구인가.]

보스턴 언론은 타이거즈를 홈으로 불러들인 레드삭스보다 양키즈의 원정 3연전에 더 관심을 보이며 여유를 부렸다.

겉으로는 올 시즌 팀 최다 연승을 이어가고 있는 양키즈와 애스트로스의 연승 기록 경쟁이 흥미롭다는 식으로 떠들어 댔지만 실제로는 홈경기에서 강한 애스트로스가 최소한 위닝 시리즈를 챙겨갈 것이라며 양키즈의 상승세를 경계했다.

만만찮은 경기력을 자랑하는 애스트로스가 양키즈를 꺾어준다면 선두 수성에 조금 더 유리할 것이라고 생각한 것이다.

하지만 지난 오리올스전 때와는 달리 양키즈 언론은 보스턴 언론의 도발에 코웃음을 쳤다. 하리모토 쇼타-테너 제이슨-한정훈으로 이어지는 이번 선발 로테이션에는 불안 요소가 거의 없었기 때문이다.

"관건은 1차전이 되겠죠."

"한정훈이 등판하는 3차전은 양키즈가 가져간다고 감안했을 때 1차전의 결과에 따라 시리즈 스코어가 달라질 테니까요."

"댈런 카이클과 하리모토 쇼타의 맞대결입니다."

"댈런 카이클은 올 시즌 구위가 생각만큼 좋지 않은 반면 하리모토 쇼타는 최근 상승세죠. 물론 경기는 해봐야 아는 거겠지만 어쨌든 재미있는 승부가 될 것 같습니다."

전문가들은 첫 경기를 양키즈가 가져갈 경우 3연승도 가능하다고 전망했다.

설사 2차전을 내주더라도 3차전에 한정훈이 등판하는 만큼 2승 1패, 위닝 시리즈는 무난할 것이라고 전망했다.

하지만 만약 애스트로스가 첫 경기를 가져가면 시리즈 막판까지 치열한 접전이 펼쳐질 가능성이 크다고 말했다.

이 같은 전문가들의 예상은 절반씩 맞아떨어졌다.

애스트로스의 에이스 댈런 카이클과 양키즈의 좌완 에이스 하리모토 쇼타가 맞붙은 첫 경기에서 양키즈는 2 대 1, 한

점 차 신승을 거뒀다.

댈런 카이클이 7이닝 2실점으로 나쁘지 않은 투구를 펼쳤지만 최근 들어 투구에 물이 오른 하리모토 쇼타가 8이닝을 5피안타 1실점으로 틀어막으며 양키즈의 연승 기록을 늘려 놓았다.

2차전에서는 양키즈 타자들이 분전했다. 애스트로스 선발 콜린 맥스를 상대로 안타 10개와 사사구 3개를 묶어 6점을 뽑아내며 일찌감치 승부를 결정지었다.

선발 테너 제이슨도 6이닝 4실점으로 승리 투수 요건을 충족시키고 마운드를 내려갔다. 이후 불펜진이 3이닝을 1실점으로 틀어막으며 7 대 5, 두 점 차 승리를 지켜냈다.

양키즈가 1차전에 이어 2차전까지 가져가자 뉴욕 언론은 2연속 시리즈 스윕은 떼 놓은 당상이라며 좋아했다.

애스트로스 3차전 선발은 3선발 랭스 맥컬리스. 최고 구속 $97\text{mile/h}(≒156.1\text{km/h})$의 빠른 패스트볼을 자랑하는 투수였지만 한정훈의 상대로는 무게감이 떨어질 수밖에 없었다.

그런데 정작 3차전에서 이변이 일어났다. 랭스 맥컬리스가 7이닝 1실점 역투를 펼치며 분위기 좋은 양키즈 타자들을 압도한 것이다.

반면, 한정훈은 4회에 집중 3안타를 맞고 3점(2자책)을 내줬다. 실책 하나와 실책성 플레이 하나가 엮인 결과였지만 양키즈 중계진은 물론이고 애스트로스 중계진마저 평소 한정훈답지 않았다며 고개를 갸웃거렸다.

그나마 양키즈 타자들이 8회 초 한 점, 9회 초 한 점을 따라붙으며 한정훈을 패전의 위기에서 구해냈지만 9회 말 애스트로스의 끝내기 홈런이 터져 나오면서 경기는 4 대 3, 애스트로스의 승리로 끝이 났다.

[한정훈을 앞세웠던 양키즈, 8연승 도전 실패.]
[애스트로스, 한정훈 넘고 연패 탈출!]

경기가 끝나고 주요 언론들은 양키즈의 연승 실패를 집중적으로 보도했다. 양키즈 언론도 한정훈의 부진한 투구에 대해 우려를 감추지 못했다.

"한정훈은 지난 자이언츠전에 이어 이번 애스트로스전에서도 6명의 타자에게 출루를 허용했습니다."

"먹힌 타구도 나왔고 수비 판단 미스로 안타로 이어진 타구도 있었습니다만 전반기 막판에 보여주었던 경기력에 미치지 못하고 있는 게 사실입니다."

"최근 들어 무리를 한 게 투구 결과에 악영향을 끼쳤다고 생각합니다."

"제 생각도 같습니다. 올스타전 등판이 예정된 투수를 사흘 전에 선발 등판시키는 건 솔직히 미친 짓이었습니다."

"후반기 들어서도 한정훈은 나흘 휴식 후 등판을 꼬박꼬박 지키고 있죠. 한정훈의 체력이 좋은 건 알겠지만 이런 식으로 가다가 경기 후반에 탈이 날지도 몰라요."

"지금부터라도 한정훈을 관리해 줄 필요가 있습니다. 더 이상 한정훈을 혹사시킨다면 황금알을 낳는 거위의 배를 가른 것과 다름없는 결과를 초래할 겁니다."

전문가들은 더 늦기 전에 한정훈의 관리가 필요하다고 입을 모았다. 투수진의 안정세 속에 양키즈가 후반기 들어 상승 곡선을 그리는 만큼 한정훈이 몰아 짊어졌던 짐을 다른 선수들이 덜어줘야 한다며 목소리를 높였다.

그러나 전문가들이 생각하는 것 이상으로 한정훈을 철저히 관리해 온 양키즈 구단은 한정훈의 부진의 원인을 다른 곳에서 찾아냈다.

"그러니까 한정훈이 요즘 연애 중이란 말이지?"

한정훈 전담팀 총괄 매니저의 보고를 받은 브라이언 캐시 단장이 잠시 미간을 찌푸렸다.

메이저리그 미혼 야구 선수들 치고 연애를 하지 않는 이는 드물었다. 그 점에 대해서는 브라이언 캐시 단장도 아무런 불만이 없었다.

한창때인 남자가 이성에게 관심을 보이는 건 전혀 이상한 일이 아니었다. 오히려 이성에 대한 욕망을 억누르다 대형 사고를 치는 것보다 능력껏 재주껏 연애하라고 선수들에게 권장할 정도였다.

하지만 그렇다고 해서 선수들의 연애를 무조건 긍정적으로만 봐 주기도 어려웠다. 연애를 비롯한 선수들의 사생활이 경기력에 영향을 끼치는 경우가 적잖았기 때문이다.

"뜨거운 관계인가?"

"열애까지는 아니지만, 연락을 주고받는 여자가 있는 건 확실합니다."

"그런데 그 사실을 왜 이제야 보고한 거야?"

"사적인 만남은 한 번뿐이라서요. 그것도 식사로 끝이 났고요."

"흠…… 조지도 별다른 말이 없었는데……."

브라이언 캐시 단장이 고개를 갸웃거렸다. 단 한 번 만났다면 한정훈과 상대 여자와의 관계가 심각한 건 아닐 것이다. 당연히 둘 사이의 감정적인 문제가 경기에 영향을 끼칠 가능성은 적었다.

그렇다고 한정훈이 경기 준비를 제대로 하지 못했다는 의심을 갖기란 쉽지 않았다. 만약 한정훈이 연애를 하느라 정신을 못 차리고 있다면 조지 지라디 감독에게 진즉 전화가 걸려왔을 것이다.

하지만 조지 지라디 감독은 한정훈에 대해 물을 때마다 매번 엄지를 들어 올렸다. 지금껏 이토록 성실한 선수는 처음이라는 극찬을 지겹도록 곁들이며 말이다.

"한정훈 선수가 특별히 훈련을 빼먹은 경우는 없었습니다. 팀 훈련은 물론이고 개인 훈련까지 정해진 스케줄 대로 진행한 걸 직접 확인했습니다."

브라이언 캐시 단장의 속내를 읽은 총괄 매니저 케빈 존스가 냉큼 말을 덧붙였다. 한정훈이 훈련을 게을리하는 게 보였다면 조지 지라디 감독보다 그가 먼저 브라이언 캐시 단장을 찾았을 것이다.

"그럼 뭐가 문제지?"

브라이언 캐시 단장의 시선이 케빈 존스에게 향했다. 그러자 잠시 눈을 굴리던 케빈 존스가 조심스럽게 자신의 생각을 밝혔다.

"글쎄요. 어쩌면 그 여자와의 연애가 생각처럼 되지 않는 것에 대해 스트레스를 받은 것인지도 모르겠습니다."

"연애가 생각처럼 되지 않는다?"

"아무래도 한정훈 선수는 아시아인이고 야구밖에 모르고 살았으니까요."

"조금 더 알아듣게 설명해 봐."

브라이언 캐시 단장이 채근하듯 물었다. 그러자 케빈 존스가 잠시 뜸을 들이더니 나직한 목소리로 말을 이었다.

"인종차별을 하려는 건 아니지만 아시아 출신 선수들은 상대적으로 조심을 하는 편이잖습니까?"

"확실히 그런 면이 없지 않지."

"이리저리 눈치를 보니까 만나는 게 쉽지 않겠죠."

"흠."

"게다가 한정훈 선수 성격상 연애보다 야구가 먼저이지 않겠습니까?"

"하지만 여자들은 그 꼴을 못 보잖아? 자신보다 일이 먼저인 걸 말이야."

"만약 한정훈 선수가 그 여자를 상당히 좋아하는데 시간을 내지 못하는 부분 때문에 마찰이 생긴 거라면 경기에 집중하기 어려웠을지도 모릅니다."

케빈 존스는 엄청난 미스터리라도 푼 것처럼 뿌듯한 표정을 지었다. 그 모습이 어찌나 자신만만해 보이던지 브라이언 캐시 단장도 깜빡 넘어가 버리고 말았다.

"그 여자가 뭐 하는 여자인지 자세하게 알아봐. 그리고 그 여자와 한정훈이 만날 수 있도록 방법을 찾아보고."

"알겠습니다."

"후우, 이래서 남의 연애사는 듣고 싶지 않단 말이야."

"그래도 어쩌겠습니까. 3억 8천만 달러의 선수인데요."

케빈 존스가 한정훈의 몸값을 운운하자 브라이언 캐시 단장도 언제 그랬냐는 것처럼 정신을 바짝 차렸다.

지금이야 홀로 메이저리그에 건너온 순수한 한국 투수의 애절한 사랑 이야기처럼 보이겠지만 그 끝이 어떤 막장으로 이어질지는 그 누구도 장담할 수 없었다.

"혹시라도 한정훈의 귀에 들어가지 않도록 주의하고."

"걱정하지 마십시오. 단장님, 저 케빈 존스입니다."

"그래, 자네만 믿지."

브라이언 캐시 단장이 단단히 고개를 끄덕였다. 메이저리그 최고 몸값을 자랑하는 한정훈의 사생활이다. 괜히 주변에 소문이 나 봐야 좋을 건 없었다.

그러나 한정훈을 별도로 관리하는 건 브라이언 캐시 단장만이 아니었다.

"여자 때문이라고요?"

"한정훈의 사생활에 변화가 있다면 그것뿐입니다."

"깊은 관계인가요?"

"이제 막 알아가는 단계인 것으로 조사됐습니다."

"그래요?"

품에 안은 새하얀 고양이를 쓰다듬던 여자의 손이 잠시 멎었다. 그리고는 가까이 선 이들만 들을 수 있도록 낮은 목소리로 중얼거렸다.

"조용히 알아봐요. 그 여자, 한정훈에게 플러스가 되는 존재인지 마이너스가 될 존재일지."

"알겠습니다."

"눈치 빠른 기자들은 입단속 확실히 시키고요."

"그 점은 걱정하지 마십시오."

일련의 지시를 마친 여자의 새하얀 손이 다시 고양이를 부드럽게 쓸어내렸다. 자연스럽게 잠시 실눈을 떴던 고양이가 고롱거리며 잠들었다.

이렇듯 이곳저곳에서 한정훈의 사생활에 지나친 관심을 가지기 시작했다. 하지만 정작 한정훈은 그 사실을 전혀 눈치채지 못하고 있었다.

예전 같았으면 지난 경기의 아쉬웠던 투구를 곱씹으며 반성의 시간을 보내고 있을 그 시각.

오빠, 혹시 일어나셨어요?

네.

앗! 혹시 제가 깨운 건 아니죠?

아니에요. 조금 전에 일어나서 씻고 밥 먹으려고 하고 있어요.

한정훈은 아침부터 김초롱 아나운서와 메시지 삼매경에

빠져 있었다.

　다행이다. 아침 메뉴는 뭐예요?

　그냥 매일 먹던 거예요.

　그래도 어제 고생했는데 고기 챙겨 드셔야죠!

　하하. 고기는 매일 먹어요. 그런데 초롱 씨는 뭐 해요? 아침 먹었
어요?

　저는 체중 감량을 해야 해서 당분간 아침을 못 먹는답니다.

　이런, 초롱 씨가 뺄 살이 어디 있다고요.

　그렇죠? 오빠가 봐도 그렇죠?

　그럼요. 나중에 내가 재훈이 형한테 한마디 해줄게요.

　앗! 안 돼요. 그러면 저 큰일 나요.

　하하, 농담이에요. 그래도 너무 무리해서 운동하지 말고 밥도 잘
챙겨 먹어요.

　헤헷. 오빠가 최고예요. 그런 의미에서 선물 하나 보내요~

　"선물?"

　아무 생각 없이 핸드폰을 내려다보던 한정훈의 두 눈이
크게 치떠졌다. 운동복 차림으로 구슬땀을 흘리며 입술을
쭉 하고 내민 김초롱 아나운서의 사진이 갑자기 떠오른 탓
이었다.

김초롱 아나운서야 애교스러운 뽀뽀 사진을 보낸 것이겠지만 한정훈의 시선은 지나치게 도드라져 보이는 스포츠 브라 쪽으로 향해 있었다. 그 사진이 어찌나 매력적이던지 한정훈은 자신도 모르게 '뭘 이런 걸다'라는 답장을 보낼 뻔했다.

　"아니지, 아니야. 내가 지금 무슨 생각을 한 거야?"

　한정훈은 머릿속에 떠오른 불순한 생각을 어렵게 털어냈다. 그리고 한참을 고민하다가 최대한 밝고 건전하게 답을 보냈다.

　선물 고마워요. 운동하는 모습도 예뻐요. 조금만 더 고생해요.

　만약 다른 여자들이 이 메시지를 받았다면 당장에 핸드폰을 내던져 버렸겠지만, 김초롱 아나운서는 달랐다.

　네, 오빠. 오늘도 기분 좋은 일들만 가득하세요~ 한가할 때 또 연락해요~

　한정훈의 연애 센스 부재쯤은 얼마든지 이해해 줄 수 있다며 배려심 넘치는 답장을 보내주었다.

　"역시, 초롱 씨라니까."

답장을 확인한 한정훈은 이내 가슴을 쓸어내렸다. 김초롱 아나운서가 이모티콘 하나, 점 하나에 민감하게 반응하는 스타일이면 어쩌나 걱정했는데 생각 이상으로 털털(?)해서 고맙기만 했다.

"진짜 요리만 잘하면 더는 바랄 게 없겠어."

딱 한 번 만났을 뿐이지만 한정훈은 김초롱 아나운서가 마음에 들었다.

데뷔만 하면 스포츠 여신 자리를 꿰찰 만한 외모는 불만을 가질 수가 없었다. 게다가 대화도 잘 통하고 배려심까지 넘치니 운동선수 아내감으로는 손색이 없었다.

단 하나 불안한 건 바로 요리. 한정훈의 입맛이 까다로운 건 아니지만 어머니의 손맛에 익숙해진 터라 수준급 요리 실력이 필요했다.

다행히도 김초롱 아나운서는 메시지 대화를 통해 요리는 잘하지 못하지만, 미래의 남편을 위해 틈틈이 요리 수업을 받고 있다는 100점짜리 답변을 날려주었다.

"요리 수업을 받는다고 다 요리를 잘하는 건 아니지만 그래도 평균은 해주겠지."

한정훈의 입가로 다시 웃음이 번졌다. 서재훈이야 요리를 잘하는 여자가 1번이라고 말했지만, 기왕이면 다홍치마랬다고 요리 실력은 좀 부족해도 예쁘고 착한 여자와 사는 게 훨씬 행복할 것 같았다.

"기분 좋은 일 있으신가 봐요?"

한정훈이 해치운 접시들을 치우며 가정부가 조심스럽게 물었다. 어제저녁 구단 관계자로부터 한정훈의 기분이 좋지 않을지 모르니 특히 조심하라는 문자를 받고 잔뜩 긴장하고 있었는데 정작 한정훈은 정신 나간 사람처럼 히죽히죽 웃기만 했다.

"아, 그냥요. 음식이 맛있어서요."

괜히 멋쩍어진 한정훈은 가정부의 요리 솜씨를 칭찬했다. 농담이 아니라 구단이 어렵게 구해 준 한국인 가정부의 음식은 제법 입에 맞았다.

어머니가 해주시던 음식과 비교할 수는 없겠지만 미국에서 이런 음식을 맛본다는 게 고맙게 느껴질 정도였다.

"입에 맞으시다니 다행이에요. 부족하시면 조금 더 만들어 드릴까요?"

"아니에요. 충분히 많이 먹었어요."

"혹시 따로 드시고 싶은 요리가 있으면 이야기해 주세요. 최대한 만들어 보도록 할게요."

"먹고 싶은 거 생각나면 문자 보내드릴게요."

"네, 그렇게 해주세요."

본의 아니게 가정부에게 점수를 딴 한정훈은 씩 웃으며 2

층 거실로 올라갔다. 소화도 시킬 겸 뉴스를 볼 생각이었다.

한정훈은 습관처럼 뉴욕 스포츠 채널을 켰다. 때마침 출연자들은 서브웨이 시리즈에 관한 이야기를 한창 늘어놓고 있었다.

양키즈와 메츠.

뉴욕을 연고지로 한 두 구단의 맞대결을 가리켜 서브웨이 시리즈라 불렀다.

말 그대로 지하철을 통해 양키즈 홈구장인 양키즈 스타디움과 메츠 홈구장 시디 필드를 자유롭게 오갈 수 있기 때문이었다.

이번 서브웨이 시리즈는 메츠가 홈 2연전을 먼저 갖고 다시 양키즈가 홈 2연전을 갖는 식으로 진행되었다.

경기장은 뉴욕을 벗어나지 않았지만 앞선 두 경기는 내셔널리그 방식으로, 다음 두 경기는 아메리칸리그 방식으로 치러지는 셈이었다.

이 점에 대해 전문가들은 우려를 감추지 못했다.

"조지 지라디 감독은 1차전 선발로 한정훈을 언급했는데요. 어떻게 생각하시나요?"

"지난 자이언츠전과 애스트로스전을 감안했을 때 다소 무모한 판단이라고 여겨집니다."

"제 생각도 같습니다. 정상 로테이션이라면 한정훈은 메츠와의 2차전에 등판해야 합니다. 그런데 꼬인 선발 로테이션을 바로잡기 위해 무리하게 선발 일정을 조정하다 보니 한정훈을 1차전으로 끌어 쓰게 된 셈입니다."

애스트로스와의 원정 3연전을 끝낸 양키즈 선수단은 지구 최하위 레이스와의 3연전을 위해 템파베이로 건너간 상태였다. 그리고 한정훈은 휴식차 뉴욕에 머물러 있었다.

조지 지라디 감독은 2승 1패를 목표로 선발 라인업을 조정했다.

첫 경기는 5선발 루이스 세자르, 두 번째 경기는 3선발 다나카 마스히로, 그리고 마지막 경기는 4선발 테너 제이슨.

본래 마지막 경기는 하리모토 쇼타의 몫이었지만 메츠전을 위해 부득이하게 선발 순서가 바뀌었다.

그리고 하리모토 쇼타는 한정훈에 이어 메츠 원정 2연전을 책임지게 됐다.

그 과정에서 한정훈은 또다시 나흘 만에 마운드에 오르게 됐다. 그 점이 한정훈의 호투를 바라는 여러 전문가를 곤혹스럽게 만들었다.

"조지 지라디 감독이 선발 로테이션을 바로잡을 생각이었다면 차라리 한정훈을 한 차례 쉬게 하는 게 나았을 겁니다."

"동감입니다. 양키즈는 지구 3위 블루제이스에 4경기 차이로 앞서고 있습니다. 반면 선두 레드삭스에게는 7경기 차

이로 뒤지고 있죠. 시즌 후반입니다. 49경기밖에 남아 있지
않았어요. 인제 와서 레드삭스를 따라잡는 건 무리입니다.
지금은 현 순위를 유지하는 게 최고입니다."

경기 예상을 위해 나온 전문가 패널들은 한목소리로 조지
지라디 감독의 선발 로테이션 변경을 비난했다. 몇몇 전문가
는 조지 지라디 감독이 한정훈의 가치를 전혀 이해하지 못하
고 있다고 단언했다.

그러나 그들 중 누구도 한정훈이 메츠 1차전에 나서는 걸
걱정하는 진짜 이유를 내뱉지 않았다. 어쩌면 자신들의 방송
을 보고 있을 한정훈의 자존심을 지켜주려 발버둥을 치듯 말
이다.

"내셔널리그 원정 경기 성적이 나빠서겠지."

한정훈의 입가로 쓴웃음이 번졌다. 대놓고 말을 하진 않았
지만, 전문가들이 하고 싶어 하는 말은 간단했다.

한정훈은 내셔널리그 원정 경기 성적이 좋지 않다. 선발
로테이션을 바로잡을 생각이라면 차라리 한정훈을 양키즈
홈경기에 선발 등판시키는 게 낫다.

"젠장, 괜히 짜증 나네."

한정훈은 이내 TV를 꺼버렸다. 양키즈 출신 전문가들의

걱정을 모르는 바는 아니지만 단 한 명의 이견도 없이 하나가 되어 떠드는 게 마치 내셔널리그 원정 경기에 가면 또다시 무너질 것이라고 저주를 퍼붓는 것처럼 느껴졌다.

"후우⋯⋯."

한정훈이 무겁게 한숨을 내쉬었다. 다를 때 같았다면 전문가들이 뭐라 떠들든 한 귀로 듣고 한 귀로 흘려버렸겠지만, 메츠와의 경기에서 타석에 들어설 걸 생각하니 벌써 골이 지끈거렸다.

그때였다.

지이잉. 지이잉.

한정훈의 핸드폰이 요란스럽게 울어댔다.

"누구지?"

한정훈이 슬쩍 핸드폰을 내려다봤다. 그러다 테너 제이슨이라는 이름을 확인하고는 고개를 갸웃거리며 통화 버튼을 눌렀다.

"테너, 무슨 일이야?"

한정훈이 살짝 혀를 꼬며 영어로 말했다. 아직 영어 회화 실력은 형편없는 수준이었지만 서당 개 삼 년이면 풍월을 읊는댔다고 영어권 선수들과 부대끼며 살다 보니 기본적인 표현 정도는 구사할 수 있었다.

그러나 정작 수화기 너머로 들려온 건 테너 제이슨의 목소리가 아니라 살짝 느끼한 한국어였다.

―한정훈 선수 맞으세요?

"누구…… 세요?"

―아, 죄송합니다. 저는 테너 제이슨 선수의 아버지와 함께 일을 하고 있는 한국인 직원입니다. 테너 제이슨 선수가 말을 전해 달라고 해서요.

'아, 젠장할.'

한정훈은 순간 얼굴이 화끈거렸다. 평소에도 테너 제이슨과는 통역을 끼고 대화를 주고받는데 테너 제이슨이 직접 전화를 걸었다고 착각한 것부터가 우스울 노릇이었다.

"크흠, 그래서 테너가 전해 달라는 말이 뭔가요?"

한정훈이 슬그머니 화제를 돌렸다. 테너 제이슨이 무슨 용건으로 전화를 한 것인지는 몰라도 최대한 빨리 통화를 끝내고 싶었다.

그러나 정작 한정훈에게 용건이 있는 건 테너 제이슨이 아니라 랜디 제이슨이었다.

―랜디 제이슨 씨는 아시죠?

"아, 네. 테너 아버님이시잖아요."

―네, 그 랜디 제이슨 씨가…… 저녁 식사에 초대하고 싶다고 하시는데요.

"저녁 식사요? 저를요?"

갑작스러운 제안에 한정훈의 눈이 똥그랗게 변했다. 랜디 제이슨이 지난번 테너 제이슨과 함께 자신의 경기를 관람했다는 사실은 들어 알고 있었지만 설마하니 이런 식으로 저녁 초대를 받으리라고는 꿈에도 생각지 못했다.

그래서일까. 한정훈은 별다른 고민 없이 곧바로 고개를 끄덕였다.

"랜디 제이슨 선수가 초대해 주셨다는데 가야죠."

─아, 정말요? 랜디! 오케이랍니다!

"저, 저기. 여보세요?"

─아, 네. 죄송합니다. 랜디 제이슨 씨가 계속 눈치를 줘서요. 하하. 어쨌든 초대에 응해주셔서 제가 다 감사하네요. 너무 갑작스럽게 초대를 해서 거절하실 줄 알았거든요.

랜디 제이슨에게 알게 모르게 압박을 받은 듯 직원이 푸념을 쏟아냈다. 하지만 그 푸념은 느끼한 말투로 인해 푸념처럼 느껴지지 않았다.

"그럼 주소하고 시간, 문자로 좀 보내주시겠어요? 제가 지금 필기구가 없어서요."

─아, 물론이죠. 보내드리겠습니다. 그리고…… 죄송하지만 사인 볼 몇 개 부탁드려도 될까요?

"아, 네. 미리 준비해서 갈 테니까 필요한 수량도 적어서 보내주세요."

한정훈은 대수롭지 않게 웃으며 전화를 끊었다. 하지만 문자를 통해 날아온 필요 사인 볼의 숫자는 한정훈의 예상을 가뿐히 뛰어넘어 버렸다.

"젠장, 120개라니."

문자를 몇 번이고 확인한 한정훈이 무겁게 한숨을 내쉬었다. 많아야 한 스무 개쯤 부를 줄 알았는데 이렇게 대놓고 많은 사인 볼을 요구하리라고는 생각지도 못했다.

그렇다고 이미 내뱉은 말을 번복할 수도 없는 노릇이었다.

"영화 보기는 글렀네."

한정훈은 지하에 내려가서 공인구가 들어 있는 상자를 꺼냈다. 지난달에 구단 직원이 500개를 새로 가져다준 것 같은데 상태가 좋지 않은 공을 골라내고 보니 딱 123개밖에 남지 않았다.

"그동안 얼마나 사인을 한 거냐?"

한정훈이 무겁게 한숨을 내쉬었다. 큼지막한 상자에 가득 담긴 공을 봤을 때 올 연말까지는 끄떡없겠다고 말했는데 또다시 구단에 공을 요청해야 할 것 같았다.

"후우……."

반쯤 체념한 채로 한정훈은 소파에 자리를 잡고 앉았다. 그리고 손에 잡히는 대로 빠르게 사인을 시작했다.

"그래도 메이저리그 공인구는 크고 미끌미끌해서 다행

이야."

다소 끈적끈적한 한국의 공인구와 달리 메이저리그 공인구는 미끄러운 편이었다. 게다가 실밥이 도드라지지 않아서 사인하기에도 편했다.

"처음에는 적응하느라 애를 먹었는데."

한정훈이 피식 웃었다. 처음 메이저리그에 왔을 때만 해도 손에 익지 않은 공인구 때문에 고생깨나 했는데 지금은 그 메이저리그 공인구 덕분에 편히 사인을 하고 있으니 묘한 기분마저 들었다.

그렇게 한정훈이 사인 볼 만들기에 집중할 무렵.

오빠, 저 오늘 일찍 끝날 거 같은데 시간 있으세요?

오빠? 혹시 바쁘세요?

미안해요. 제가 방해했나 봐요. 그럼 저는 집으로 들어갈게요. 오빠도 편히 쉬세요.

김초롱 아나운서가 보낸 메시지가 애달프게 핸드폰을 울렸다.

"젠장, 왜 하필 오늘인 거야."

김상엽 팀장의 차를 얻어 타고 랜디 제이슨의 집으로 가는 내내 한정훈은 구시렁거림을 멈추지 않았다.

하필 김초롱 아나운서가 시간이 날 때 랜디 제이슨이 저녁 식사를 제안할 게 뭐란 말인가.

물론 메이저리그 레전드이자 테너 제이슨의 아버지인 랜디 제이슨과의 저녁 식사 자리라면 만사를 제쳐 놓고 달려가야겠지만 김초롱 아나운서를 다시 만날 기회가 사라졌다는 사실이 연애 감정에 굶주린 한정훈을 꿍하게 만들었다.

하지만 그것도 잠시.

"한정훈 선수!"

"와우! 정말 한정훈 선수다!"

월드 시리즈 우승 퍼레이드라도 시작된 것처럼 격렬하게 반겨주는 사람들 덕분에 한정훈의 얼굴도 환하게 변했다.

"반가워요, 한정훈 선수. 랜디 제이슨입니다."

뒤늦게 마중을 나온 랜디 제이슨이 한정훈을 향해 긴 팔을 내밀었다.

"한정훈입니다. 만나 뵙게 되어 영광입니다."

한정훈이 미리 준비했던 서툰 영어를 더듬더듬 내뱉었다. 그러자 랜디 제이슨이 흐뭇하게 웃으며 한정훈을 안쪽으로 안내했다.

"자, 일단 식사부터 합시다. 한정훈 선수가 온다고 내 친구들이 맛있는 걸 잔뜩 만들어 놨으니까요."

랜디 제이슨의 말처럼 식탁에는 수많은 요리가 한가득 차려져 있었다. 그리고 한쪽에는 식사를 준비한 직원들의 아내와 여직원들이 한정훈을 바라보며 어쩔 줄을 몰라 했다.

"식사를 했더라도 최대한 많이 먹어요. 저분들이 한정훈 선수를 위해 만든 요리니까요."

랜디 제이슨이 장난 반 진담 반으로 말했다. 함께 일하는 직원들에게 한정훈과 함께 식사하지 않겠냐고 제안하긴 했지만 설마하니 이 정도로 풍성한 저녁 식사 자리가 만들어질 줄은 그 역시도 예상하지 못했다.

"그럼요. 배가 터질 때까지 먹어 치울 생각입니다. 그런데…… 혹시 이 중에 레드삭스를 좋아하시는 분은 없으시죠?"

한정훈이 포크와 나이프를 들며 능청스럽게 물었다. 그의 말이 통역을 통해 전해지자 랜디 제이슨과 직원 가족들의 입에서 동시에 웃음이 터져 나왔다.

"걱정하지 말고 먹어요. 이 음식들은 안전합니다. 물론 메츠를 함께 좋아하는 사람들이 있을지는 모르겠지만 적어도 레드삭스 팬은 없을 겁니다. 나도 레드삭스를 썩 좋아하진 않으니까요."

"농담으로 꺼낸 말이지만 랜디 제이슨 씨도 레드삭스를 좋아하지 않는다니 마음이 놓입니다."

"하하, 한정훈 선수가 이렇게 재미있을 줄은 미처 몰랐습니다."

"이렇게 좋은 분들과 함께 저녁 식사를 하니까 저도 모르게 기분이 좋아진 것 같습니다."

이후로도 한정훈과 랜디 제이슨은 오랜 친구처럼 즐겁게 이야기를 나누었다. 그 모습이 어찌나 정겨워 보이던지 뒤늦게 식사에 참여한 테너 제이슨의 입이 댓 발 튀어나올 정도였다.

"넌 뭐가 그렇게 불만이냐?"

"모르는 사람이 보면 한정훈이 아버지 아들인 줄 알겠

어요."

"멍청한 소리. 너와 내가 부자지간인 걸 누가 모르겠어?"

"아무튼 한정훈은 왜 부른 건지나 말해주세요. 갑자기 한정훈을 저녁 식사에 초대했다고 해서 제가 얼마나 놀란 줄 아세요?"

"왜? 내가 설마하니 한정훈에게 네 흉이라도 볼까 봐?"

"그러기만 해봐요. 그럼 앞으로 아버지 보러 안 올 테니까."

"쓸데없는 소리 하지 말고 오랜만에 집에 왔으면 좀 웃어라. 너 때문에 다른 사람들이 불편해서야 되겠니?"

"쳇, 알았어요. 오늘은 잔소리 안 하나 했네."

랜디 제이슨에게 꾸지람을 듣고서야 테너 제이슨도 웃으며 식사를 즐겼다. 그렇게 네 시간 가까이 음식들을 소진하고서야 테이블 위가 깨끗하게 변했다.

"자, 그럼 다들 내일 보지."

식사가 끝나자 랜디 제이슨은 직원들과 가족들을 집으로 돌려보냈다. 직원들의 아이들이 한정훈과 함께 놀고 싶다고 떼를 썼지만 랜디 제이슨은 더 이상 한정훈을 양보할 수 없다며 냉정하게 고개를 저었다.

덕분에 한정훈도 메이저리그의 전설적인 투수인 랜디 제이슨과 허심탄회한 대화를 나눌 수 있었다.

"참, 정훈! 메츠와의 원정 첫 번째 경기에 선발로 나가는 거 확정된 거야?"

잠시 화장실을 다녀온 테너 제이슨이 화제를 돌리듯 물었다. 한두 경기도 아니고 한정훈이 호투한 경기를 전부 언급하려는 랜디 제이슨의 입을 틀어막기 위해서라도 다른 이야깃거리가 필요했다.

"그렇지 않아도 집에 있을 때 구단에서 연락받았어. 너하고 메츠 원정 경기에 나가게 된다고 말이야."

한정훈이 살짝 기운 빠진 얼굴로 고개를 끄덕거렸다. 잠시 잊고 있었던 메츠 원정 경기를 떠올리니 괜히 어깨가 무거워진 기분이었다.

그런 한정훈의 속내를 읽은 것일까.

"한정훈 선수. 괜찮다면 밖에 나가서 배팅 게임을 해보지 않겠습니까?"

랜디 제이슨이 한정훈에게 색다른 제안을 했다.

"배팅 게임이요?"

"그래요. 배팅 게임. 우리 집에는 피칭 머신이 있답니다. 그걸로 누가 더 많은 안타를 때려내나 내기를 해봅시다."

"네. 뭐…… 그러시죠."

한정훈은 내키지 않은 얼굴로 자리에서 일어났다. 랜디 제이슨이 자신을 생각해 배팅 게임을 준비한 건 고마웠지만 고작 그 정도로는 타석에 들어서는 부담감을 떨쳐 내기 어려울 것 같았다.

그러나 랜디 제이슨은 막상 경험해 보면 재미있을 거라며 한정훈을 꼬드겼다. 방관하듯 뒤따라 나섰던 테너 제이슨도 1등 한 사람의 소원을 들어주자는 랜디 제이슨의 말에 갑자기 의욕을 불태웠다.

"아버지, 나중에 딴소리하지 마요."

테너 제이슨은 가장 먼저 배터 박스에 들어섰다. 그사이 랜디 제이슨은 피칭 머신 뒤쪽으로 가서 공을 준비했다.

"총 20구 승부다. 땅볼은 무시하고 피칭 머신 뒤쪽으로 타구가 날아가야만 안타로 인정한다. 알았지?"

"알았으니까 공이나 던져요."

방망이를 움켜쥔 테너 제이슨의 얼굴은 자신감에 가득 차 있었다.

한정훈은 타격에 젬병이고 랜디 제이슨은 현역에서 은퇴한 지 10년이 넘었다. 반면 자신은 브레이브스에서 선발 수업을 받으며 꾸준히 타격 연습을 해왔다. 그리고 실제 경기에서도 2개의 안타를 때려내며 1할대 후반(2/11)의 높은 타율을 기록 중이었다.

'빨라 봐야 90마일쯤 되겠지. 그 정도면 다섯 개 정도는 때려낼 수 있겠어.'

초구가 날아들자 테너 제이슨은 망설이지 않고 힘껏 방망이를 내질렀다. 그리고 깔끔한 타격음과 함께 첫 번째 안타를 만들어냈다.

"공이 너무 느린 거 아니에요?"

생각보다 매끄러운 타격이 이루어지자 테너 제이슨이 거드름을 피웠다. 하지만 그것도 잠시. 2구째 기습적으로 들어온 슬라이더에 시원하게 헛방망이질을 한 이후로 단 하나의 안타도 추가하지 못하고 고개를 떨어뜨리고 말았다.

"이런 게 어디 있어요? 변화구라니요!"

"그럼? 너는 타자들에게 패스트볼만 던지냐?"

"그래도 이건 배팅 게임이잖아요!"

"피칭 머신에 변화구 기능이 있는 걸 나더러 어쩌라고? 억울하면 네가 새 피칭 머신을 사 오든가."

랜디 제이슨과 테너 제이슨이 옥신각신하는 동안 한정훈은 마지못해 보호 장비를 착용했다. 그리고 랜디 제이슨이 피칭 머신의 준비가 끝났다는 신호를 보내자 도살장에 끌려가는 소처럼 타석으로 들어섰다.

"후우……."

한정훈의 입가를 따라 무겁게 한숨이 흘러나왔다. 전현직 투수들끼리 펼치는 친선 게임이라고는 하지만 엉성한 폼으로 타자 놀음을 한다는 것 자체가 껄끄럽기만 했다.

그러는 사이 첫 번째 공이 날아들었다.

후아앙!

살짝 높이 치솟았던 공은 마지막 순간에 뚝 하고 떨어지며 스트라이크존을 스쳐 지났다.

"멍청아! 커브잖아! 그건 쳤어야지!"

뒤에서 지켜보던 테너 제이슨이 야유를 보냈다. 하지만 한 정훈의 귀에는 테너 제이슨의 목소리가 들리지 않았다. 피칭 머신이 다시 덜커덩하며 움직였기 때문이다.

후앗!

두 번째로 날아든 공은 패스트볼이었다. 피칭 머신에 찍힌 구속은 88mile/h(≒141.6㎞/h). 체감 구속은 80mile/h(≒128.7㎞/h) 정도 되는 공이었다.

그러나 한정훈은 이번에도 방망이를 내밀지 못했다. 아니, 내밀 수가 없었다. 타석에 섰다는 부담감 때문에 몸이 반쯤 경직되어 버렸기 때문이다.

그렇게 스무 개의 공이 날아드는 동안 한정훈은 단 한 번 방망이를 휘둘렀다. 노린 공은 슬라이더. 한가운데에서 바깥 쪽으로 무디게 흘러나가는 슬라이더가 눈에 익은 탓이었다.

그런데 그 한 번의 스윙이 안타로 이어졌다. 그것도 피칭 머신을 아슬아슬하게 넘겨서 말이다.

"젠장할! 이게 뭐야?"

테너 제이슨은 억울함을 감추지 못했다. 자신은 단 한 번도 쉬지 않고 방망이를 휘둘러 안타를 때려냈는데 정작 한정훈은 내내 공만 지켜보다가 단 한 번의 스윙으로 행운의 안타를 만들어냈으니 왠지 야구의 신에게 농락당한 기분이었다.

그러나 정작 안타를 때려낸 한정훈도 썩 달가운 얼굴은 아니었다. 게임이니까 안타일 뿐 실제 경기였다면 투수가 잡았거나 평범한 2루수 앞 땅볼로 끝났을 타구였다. 그걸 가지고 호들갑스럽게 좋아하고 싶진 않았다.

"내가 두 개만 때려내면 이기는 거지?"

현역 선수들의 부진에 랜디 제이슨이 기분 좋게 방망이를 집어 들었다. 현역 시절 경험을 떠나 최근에도 배팅 게임을 즐겼던 만큼 승리를 자신하는 듯한 얼굴이었다.

하지만 정작 랜디 제이슨도 다양한 구종을 구사하는 피칭 머신 앞에서 쩔쩔맸다. 방망이에 공을 맞힌 것도 다섯 번밖에 되지 않았다. 그중 두 개의 타구가 운 좋게 안타로 이어지긴 했지만, 테너 제이슨이나 한정훈에 비해 절대적으로 잘 쳤다고 보긴 어려웠다.

"그게 뭐예요?"

"뭐가?"

"아버지 예전에는 잘 쳤잖아요. 이 정도로 형편없지는 않았던 거 같은데요?"

테너 제이슨이 놀리듯 물었다. 실제 랜디 제이슨은 22년간 타석에서 78개의 안타를 때려냈다.

통산 타율은 0.125에 불과했지만 한 시즌 10개 이상의 안타를 만들어낸 적이 4차례나 있었고 마흔을 바라보던 2003년에는 2할에 가까운 타율(0.194)을 기록할 만큼 만만찮은 타격 실력을 뽐내기도 했다.

그러나 랜디 제이슨은 대수롭지 않게 받아넘겼다.

"투수가 공만 잘 던지면 되는 거지 안타가 무슨 소용이야?"

"소원 들어주기 시합을 하자고 한 건 아버지였잖아요?"

"그거야 네 녀석이 혼자서만 빠지려고 드니까 하는 소리지. 왜? 정말 내 소원 들어주려고?"

"허……! 아버지, 갑자기 왜 그래요? 지금 한정훈이 보고 있다고 이러는 거예요?"

"내가 뭘? 그러는 너야말로 저 친구가 보고 있는데도 아버지한테 계속 무례하게 굴 거냐?"

"쳇."

테너 제이슨이 불만스럽게 입술을 삐죽거렸다. 평소에도 랜디 제이슨과 입씨름을 해서 이겨본 적이 거의 없었지만 한정훈 앞에서까지 양보 없는 아버지를 보고 있자니 야속한 마음마저 들었다.

하지만 섭섭한 건 랜디 제이슨도 마찬가지였다.

"설마 자질구레한 것들까지 전부 전하고 있는 건 아니죠?"

랜디 제이슨이 한정훈의 옆쪽에 붙어 있던 김상엽 팀장을 바라봤다. 그러자 김상엽 팀장이 언제 그랬냐는 듯 냉큼 입을 다물어버렸다.

"저는 신경 쓰지 말라고 전해 줘요. 저도 아버지하고 썩 친하지는 않으니까요."

한정훈이 멋쩍게 웃었다. 과거로 돌아오기 전 한정훈과 아비저의 관계는 랜디 제이슨 부자보다 훨씬 나빴다. 랜디 제이슨과 테너 제이슨은 한 공간에서 대화라도 나누었지만, 한정훈과 아버지는 그런 일조차 손에 꼽힐 정도였다. 그래서인지 랜디 제이슨 부자의 모습이 그저 귀엽게만 느껴졌다.

"역시 실력 있는 투수들은 배려심도 훌륭하다니까."

한정훈의 말을 전해 들은 랜디 제이슨이 안도하듯 미소를 머금었다. 그리고는 큰 거구를 이끌고 한정훈의 빈 옆자리에 다가가 앉았다.

"자랑은 아니지만 나도 타석에서 홈런을 친 적이 있어요."

"아, 그러세요?"

"딱 한 번뿐이었지만 짜릿하긴 했죠. 물론 그게 처음이자 마지막 홈런이었지만요."

랜디 제이슨이 테이블 위에 올려놓았던 견과류 봉지를 잡았다. 그리고 한 움큼 들어낸 뒤 한정훈에게 건넸다.

"저는 괜찮아요. 그리고 테너처럼 편하게 대해주세요."

한정훈이 견과류 봉지를 건네받으며 말했다. 김상엽 팀장을 통해 전해 듣는다고는 하지만 아버지뻘 되는 랜디 제이슨에게 매번 단어 선택의 불편함을 안겨주고 싶지 않았다.

그러자 랜디 제이슨이 피식 웃었다.

"난 내가 존경할 만한 선수들에게는 항상 존중을 담아 말합니다. 그리고 한정훈 선수도 그들 중 한 명입니다."

순간 김상엽 팀장이 눈을 똥그랗게 떴다. 설마하니 랜디 제이슨이 이제 막 메이저리그에 데뷔한 한정훈을 이 정도로 높이 평가하고 있을 줄은 생각하지 못한 것이다.

하지만 김상엽 팀장은 랜디 제이슨의 말을 곧바로 전하지 못했다. 단순히 총괄 매니저로서 감정이 북받쳐서가 아니었다. 랜디 제이슨이 가볍게 손을 들고 말을 이었기 때문이다.

"여기서 끊으면 이상하니까 이것까지 마저 전해 줘요."

"아, 알겠습니다."

"난 한정훈 선수와 조금 더 친해지고 싶어요. 그리고 내 친구들에게는 내 스타일대로 말을 합니다. 상대가 설사 존 스타인브리너라 해도 마찬가지죠."

할 말을 마친 랜디 제이슨이 한정훈을 바라보며 씩 웃었다. 계속 존중을 받을 대상으로 남을지, 아니면 친구가 될지는 한정훈의 선택에 달렸다는 것처럼 말이다.

"저를 친구로 받아주신다면 영광이죠."

김상엽 팀장을 통해 랜디 제이슨의 속내를 전해 받은 한정
훈이 환하게 웃으며 손을 내밀었다.

"후우. 고마워, 정훈."

랜디 제이슨이 냉큼 한정훈의 손을 붙들었다. 그렇지 않아
도 테너 제이슨이 보는 앞에서 한정훈을 대하는 게 쉽지 않
았는데 이제야 좀 숨통이 트이는 기분이었다.

"나 참, 그렇게 평소처럼 하면 될 것을."

그 모습을 지켜보던 테너 제이슨이 고개를 절레절레 흔들
었다. 처음부터 랜디 제이슨이 성격대로 나갔으면 좋았을 텐
데 괜히 이제 와 저러는 것도 우습게 느껴졌다.

하지만 한정훈은 이렇게까지 자신을 신경 써주는 랜디 제
이슨이 고맙기만 했다.

"우리 정말 친구가 된 거죠?"

"물론이지. 그러니까 정훈, 너도 편하게 말을 하라고. 어
차피 통역은 이 친구의 몫이잖아."

"하하, 그럴 수는 없죠. 그럼 친구로서 내 고민 좀 들어주
세요."

한정훈이 랜디 제이슨을 바라보며 말했다. 갑작스러운 식
사 초대부터 시작해 배팅 게임에 이르기까지 어쩌면 이 모든

게 메츠전 등판을 앞둔 자신을 독려하기 위한 랜디 제이슨의 배려라는 생각이 들었다.

그러나 랜디 제이슨은 한정훈과 비밀 이야기를 주고받기 위해 친구가 되자고 제안한 게 아니었다.

"정훈, 만약 내가 타석에 들어선다면 어떤 공을 던지겠어?"

랜디 제이슨이 슬쩍 말을 돌렸다. 한정훈이 조언을 구하려던 고민거리와 완전히 동떨어진 주제는 아니었지만, 이야기의 주도권을 한정훈에게서 빼앗아버렸다.

"글쎄요. 그래도 패스트볼이 아닐까요?"

"패스트볼이라. 코스는 어디야?"

"그야 한가운데죠."

한정훈이 큰 고민 없이 대답했다. 조금 전 타석에서 랜디 제이슨이 빠른 공을 곧잘 따라가긴 했지만 그래도 자신의 패스트볼은 쉽게 공략하지 못할 것 같았다.

"하하, 이거 한 방 먹었군."

기대 이상으로 냉정한 한정훈의 대답에 랜디 제이슨이 껄껄 웃었다. 그렇다고 특별히 당황하거나 말문이 막히진 않았다. 타자의 약점을 노리고 파고드는 게 투구의 기본이었기 때문이다.

"정훈, 네가 타석에 서 있다면 나 역시 패스트볼을 던질 거야. 특별히 널 무시해서가 아니야. 그게 당연한 거야. 내셔널리그에서 투수가 차지하는 9번 타순은 본래 그런 의미니까."

랜디 제이슨이 이내 진지한 얼굴로 말을 이었다. 자연스럽게 한정훈도 랜디 제이슨의 목소리에 귀를 기울였다.

"내셔널리그 투수라고 해서 모두가 타석에 설 수 있는 건 아니야. 특별한 경우가 아니라면 보통 선발투수들만이 경기당 한두 번 정도 타석에 설 기회를 잡게 되지."

지명 타자 제도가 없는 내셔널리그에서 9번 타순은 보통 투수들의 몫이었다. 하지만 불펜 투수들은 타석에 설 기회가 없다시피 했다. 평균 1이닝 정도를 책임지는 불펜 투수를 굳이 타석에 세울 필요가 없었기 때문이다.

"1999년 다이아몬드 백스로 이적해서 난 35경기에 선발 등판했어. 그리고 그중 두 경기를 빼고는 전부 타순에 이름을 올렸지."

"허, 33경기나요?"

"그래, 덕분에 그해에만 104번이나 타석에 들어갔어. 대충 경기당 3번 이상은 타석에 섰던 것 같아."

한정훈은 랜디 제이슨이 104번이나 타석에 섰다는 사실에 놀람을 금치 못했다. 그러나 정작 랜디 제이슨이 강조하려 했던 건 104번이라는 전체 타석수가 아니었다. 그다음으로 언급한 경기당 3번 이상 타석에 들어섰다는 내용이었다.

"매리너스에서 10년을 뛰며 타석에 선 건 고작 7번뿐이었어. 그것도 첫 9년간은 타석에 선 역사가 없었지. 그런데 갑자기 내셔널리그 팀으로 이적하고 나서 100번이 넘는 타석에 들어서야 했을 때 내 기분이 어땠을 것 같아?"

"암담했겠죠."

"그래, 나도 그렇고 정훈도 그렇고 내셔널리그 방식이 익숙하지 않은 모든 투수가 그랬을 거야. 정말 눈앞이 깜깜하더라고. 어쩌다 한 번 이벤트처럼 찾아오는 타석이라면 기꺼이 방망이를 들어보겠는데 이건 뭐 투구가 끝나면 곧바로 대기 타석에 서야 하니 원……."

그 시절을 떠올리며 랜디 제이슨이 혀를 내둘렀다. 하지만 한정훈은 감히 랜디 제이슨의 고생담에 공감할 수 없었다. 1년에 33경기나 타석에 들어선 랜디 제이슨과는 달리 세 번째 내셔널리그 원정을 앞두고 있기 때문이었다.

"처음에는 타석에 들어가는 게 정말 싫었어. 왠지 광대놀음을 하는 것 같았으니까. 그래서 딴생각도 해보고 일부러 공을 지켜보기도 했어. 그렇게 한 여섯 경기 동안 안타를 하나도 못 쳤지. 삼진만 9개인가 10개인가 먹었던 거 같아. 그러다 보니 슬슬 부아가 치밀더라고. 그래서 그다음 경기에는 이를 악물고 방망이를 휘둘러 봤지. 덕분에 첫 안타도 신고하고 말이야."

랜디 제이슨이 잠시 숨을 돌릴 때마다 김상엽 팀장은 부지런히 그 말을 한국어로 번역해 한정훈에게 전해 주었다.

　그때마다 한정훈은 묵묵히 고개만 주억거렸다. 느끼는 것도 많고 물어보고 싶은 것도 많았지만 꾹 참았다. 랜디 제이슨의 말을 끝까지 듣다 보면 자신이 원하는 해답을 얻어낼 수 있을 것만 같았다.

　그런 한정훈의 속내를 읽은 것일까. 랜디 제이슨이 피식 웃으며 말을 이었다.

　"너무 그렇게 시무룩해 하지 마. 정훈, 너도 노력하면 안타를 때려낼 수 있을 테니까. 하지만 타자들처럼 적극적으로 방망이를 휘둘러서 팀 공격에 보탬이 되라고 강요하고 싶진 않아. 그래 봐야 투수는 쉬어가는 타선이니까."

　순간 김상엽 팀장이 순간 눈을 깜빡거렸다. 랜디 제이슨이 자신의 경험담을 통해 한정훈에게 자신감을 심어주려는 것이라 여겼는데 갑자기 이야기가 삼천포로 빠지는 듯한 기분이 들었다.

　하지만 랜디 제이슨은 김상엽 팀장의 표정은 신경 쓰지 않았다. 오로지 한정훈과 눈을 맞춘 채 자신이 하고자 하는 이야기를 느긋하게 흘려냈다.

　"내가 1999년도에 때려낸 안타가 12개야. 두 경기에서 멀티 히트도 해냈지. 하지만, 안타를 친 10경기에서 모두 승리를 챙긴 건 아니야. 승리 투수가 된 경기도 있었지만, 승패 없이 물러난 경기도 있었고 패배한 경기도 있었어. 반대로 안타를 때려내지 못한 23경기에서 모두 패배한 것도 아니야. 오히려 타석에서의 아쉬움을 투구로 만회한 경우도 많았지."

오래전 기억이라 정확한 데이터가 가물가물하긴 했지만 랜디 제이슨의 목소리에는 힘이 넘쳤다. 그만큼 말하고자 하는 바가 명확했다.

"그러니까 투수에게 타격 성적은 중요하지 않다는 말인 거죠?"

한정훈이 한참 만에 입을 열었다. 그러자 랜디 제이슨이 미묘한 웃음을 보였다.

"혹시 기억할지 모르겠지만 그해에 나는 내셔널리그 사이 영상을 차지했어. 특별히 자랑하려는 건 아니야. 아마 올 시즌 아메리칸리그 사이영상은 네 몫일 테니까. 어쨌든, 나를 지지한 기자 중 누구도 내 타격 성적에 대해 왈가왈부하지 않았어. 뭐 사이영상이기 때문에 당연할지는 모르겠지만 아마 내 타격 성적을 제대로 기억하는 기자들조차 없었을걸?"

랜디 제이슨의 말을 전해 들은 한정훈의 입가에도 웃음이 걸렸다. 메이저리그의 레전드인 랜디 제이슨이 사이영상을 수상할 거라고 추켜세워 주는 데 기분이 좋지 않을 리 없었다.

그 분위기를 틈타 랜디 제이슨이 자연스럽게 질문을 던졌다.

"그때 어떤 기자가 나에게 물었어. 내 기록 중에 가장 가치 있다고 생각하는 게 무엇이냐고. 그때 내가 뭐라고 대답했을 거 같아?"

"글쎄요."

한정훈은 쉽게 대답하지 못했다. 뭔가 한 가지를 꼽기 어려울 만큼 랜디 제이슨의 퍼포먼스가 대단했기 때문이다.

1999년 랜디 제이슨은 17승 9패 평균 자책점 2.48을 기록했다. 탈삼진은 무려 364개. 35경기 동안 1,079명의 타자를 상대했으니 거의 3명당 한 명 꼴(2.96)로 삼진을 잡아낸 셈이었다.

사이영상, 올스타, 평균 자책점 리그 1위, 탈삼진 리그 1위.

과연 10년간 아메리칸리그에서 뛰다가 내셔널리그로 옮겨온 투수가 맞나 싶을 정도였다.

하지만 정작 한정훈이 랜디 제이슨 하면 떠오르는 이미지는 따로 있었다.

마흔이 넘은 나이에도 200이닝 이상을 책임졌던 강인한 체력.

만약 랜디 제이슨의 능력 중 하나를 빼앗을 수 있다면 바로 그 체력을 꼽고 싶었다.

"이닝이 아니었을까요?"

끈기 있게 대답을 기다리는 랜디 제이슨에게 한정훈이 조심스럽게 대답했다. 그러자 랜디 제이슨이 맞출 줄 알았다며 환하게 웃었다.

"그래, 바로 그거야. 승리도 중요하고 안타를 덜 맞고 점수를 내주지 않는 것도 중요하지만 그 모든 걸 포괄하는 건 역시 이닝뿐이니까."

랜디 제이슨은 1999년에 271과 2/3이닝을 던지며 리그 최고의 이닝 이터로 이름을 올렸다.

개인 통산 최다 이닝 기록이었으며 2위인 케인 브라운보다 무려 20이닝(19.1) 가까이 더 던졌다.

케인 브라운이 랜디 제이슨보다 한 경기 적은 34경기에 선발 등판했다는 걸 감안하더라도 이닝 소화력이 압도적이라는 사실은 부정하기 어려웠다.

랜디 제이슨의 경기당 평균 소화 이닝은 7.76이닝.

케인 브라운(7.4이닝)보다 매 경기 아웃 카운트를 하나씩 더 잡고 내려온 셈이다.

단순히 데이터만 놓고 따지는 전문가들은 아웃 카운트 하나의 차이를 심각하게 받아들이지 않을 수도 있었다. 하지만 선발투수인 한정훈의 생각은 달랐다. 힘에 부치는 상황에서 팀을 위해 타자 한 명을 더 상대한다는 게 어떤 일인지 누구보다 잘 알고 있었다.

"나는 선발투수라면 최대한 오래 마운드에서 버텨야 한다고 생각해. 솔직히 우리는 불펜 투수들에 비해 관리를 받는 편이잖아. 안 그래?"

투수의 분업화로 인해 선발투수가 굳이 한 경기를 책임지는 일이 드물어지긴 했지만 랜디 제이슨은 선발투수의 최우선 덕목으로 이닝 소화 능력을 꼽았다. 선발투수라면 모름지기 자신의 경기는 책임지기 위해 노력할 필요가 있다는 것이었다.

그런 점에서 랜디 제이슨은 아들인 테너 제이슨에게 느끼지 못하는 동질감을 한정훈에게 느끼고 있었다.

"난 솔직히 정훈이 경기를 지배할 줄 아는 투수라는 게 마음에 들어. 오랜 이닝을 소화하려면 안타도 적게 맞아야 하고 점수도 적게 줘야 하지만 무엇보다 투구 수 관리와 위기 관리를 잘해야 하니까."

랜디 제이슨의 극찬에 한정훈은 뒷머리를 긁적거렸다. 아직 한창 때라 마운드에서 오래 버티고 있긴 하지만 솔직히 랜디 제이슨처럼 40을 넘겨서까지 200이닝을 소화해 낼 수 있을지는 자신하기 어려웠다.

하지만 랜디 제이슨은 한정훈이라면 자신을 뛰어넘는 위대한 투수가 될 것이라고 확신했다.

"얼마 전에 친한 기자 하나가 그런 말을 하더라고. 동양의 젊은 꼬마가 내 탈삼진 기록을 넘보는데 아쉽지 않으냐고 말이야. 그래서 내가 말했지. 그 동양의 젊은 꼬마가 혹시 내 한 시즌 최다 이닝 기록까지 넘보지는 않느냐고. 그럼 과연 그 동양의 젊은 꼬마를 '동양의 젊은 꼬마'라고 부르는 게 옳은 거냐고. 그랬더니 기자가 한참을 웃더라고. 자신이 생각해도 무안했던 거지."

랜디 제이슨은 주변에서 들었던 한정훈에 대한 평들을 스스럼없이 전했다. 이미 리그 최고의 투수로 평가받는 한정훈이 주변에서 잘 모르고 내뱉는 말들에 흔들리지 않을 것이라고 여겼다.

예상대로 한정훈은 대수롭지 않게 받아들였다. 자신을 비웃고 깎아내리고 멋대로 한계를 정하고 위기론을 만들던 사람들은 메이저리그뿐만 아니라 한국에도 많았다.

만약 한정훈이 그들의 말에 휘둘렸다면 지금 이 자리에 서있지도 못했을 것이다. 하지만 한정훈은 주변의 말에 신경쓰지 않고 자신의 목표를 향해 내달린 끝에 여기까지 왔다.

게다가 메이저리그는 또 다른 출발점일 뿐이지 최종 목적지가 아니었다.

메이저리그 통산 303승을 달성하고 4,135이닝 동안 4,875개의 삼진을 잡아내며 5차례 사이영상을 수상한 위대한 투수가 눈앞에 있는데 고작 이 정도로 만족할 수는 없는 노릇이었다.

"정훈, 너는 이미 대단한 투수야. 내가 장담하건대 내후년만 되어도 너에 대해 함부로 떠드는 사람들은 사라질 거야. 그러니까 지금처럼만 던져. 네 목표를 향해서 말이야."

랜디 제이슨도 한정훈의 어깨를 두드렸다.

자신의 기록을 뛰어넘을지도 모르는 대단한 재능을 가진 투수이긴 했지만, 한정훈은 테너 제이슨보다도 어린 선수였다. 그런 어린 선수가 자신의 능력을 마음껏 뽐낼 수 있도록 옆에서 지켜보고 격려해 주는 게 바로 레전드의 몫이었다.

팬들에게 받았던 큰 사랑을 되돌려주는 유일한 방법은 그들에게 또 다른 레전드를 선물해 주는 것밖에 없었다.

랜디 제이슨은 한정훈이 새로운 시대의 레전드가 되길 바랐다. 그래서 한정훈의 친구를 자처하며 그동안 해주고 싶었던 이야기들을 쉬지 않고 쏟아냈다.

그리고 그중에는 한정훈이 듣고 싶었던 이야기도 포함되어 있었다.

"타석에 섰을 때의 부담감을 즐겨. 굳이 안타를 칠 필요는 없어. 벤치에서 작전이 나왔더라도 컨디션이 좋지 않다면 따르지 마. 냉정하게 말해 점수를 뽑는 건 네 몫이 아니니까."

랜디 제이슨은 투수가 공격에 대한 압박을 받을 필요는 없다고 냉정하게 선을 그었다.

설사 2사 주자 만루 상황이라 하더라도 피칭에 방해가 될 정도로 타격에 집중해서는 안 된다고 잘라 말했다.

"지난 두 경기에서 집중 견제를 받았지? 그건 정훈, 네가 타석에서도 잘하려고 하기 때문이야. 가뜩이나 리그 최고의 투수로 불리고 있는데 타석에서까지 자신들을 괴롭히려 들면 어느 투수가 좋아하겠어? 나 같아도 투수가 건방지게 타석에 바짝 붙어서 있다면 머리 쪽으로 공을 던질 거야."

"그래도 타석에 들어섰으면 타자의 역할을 다해야 하는 게 아닐까요?"

"과연 그걸 구단이나 동료들이 원할까? 진심으로? 아닐걸. 나라면 네가 다치지 않고, 흔들리지 않고 한 이닝이라도 더 마운드에서 버텨주길 바랄걸? 그래야 팀이 승리할 가능성이 1%라도 높아지니까. 안 그래?"

"후우……."

"이봐, 친구. 고민하지 마. 가끔 타석에 들어서는 게 피칭에 도움이 된다는 투수들도 없지 않지만, 대부분의 투수는 더그아웃에서 휴식을 취하지 못하고 방망이를 들어야 하는 것에 대해 스트레스를 받고 있어. 네가 특별히 이상한 게 아니라고."

"정말 그럴까요?"

"백번 양보해서 다른 모든 투수를 제치고 실버 슬러거를 탈 게 아니면 욕심부리지 마."

"실버 슬러거요?"

"이런, 아니야. 다시 말하지. 정훈! 너는 타격에 재능이 없어. 내가 타격 코치는 아니지만, 지난번에 알렉스 로드리게스를 만났더니 그러더군. 네 타격 자세는 정말 최악이라고 말이야."

"아…… 네."

"그래서 내가 말해줬지. '넌 전성기로 돌아가도 한정훈의 상대가 못 돼'라고. 그랬더니 얼굴이 벌게져서 욕을 한 바가지 내뱉더라니까? 어쨌든, 내가 하고 싶은 말은 투구에만 집중하라는 거야. 타석은 잊어. 그냥 조금 전에 했던 배팅 게임이라고 생각해."

"배팅 게임이요?"

"그래, 배팅 게임. 자주 타석에 들어선다고 부담스러워하지 말고 그 자체를 즐기라고. '아, 내 팀 동료들이 열심히 안타를 때려내 줘서 내 차례가 또 왔구나'라고 생각해 버려. 아니면 '내가 오랫동안 마운드에서 버텨서 또다시 타석이 돌아왔구나'라고 생각하라고."

랜디 제이슨이 경험에 빗대어 직언을 아끼지 않았다. 팀의 공격력에 보탬이 되고 싶은 한정훈의 심정을 모르는 바는 아니지만 매 경기 안타를 때려낼 자신이 없으면 타격은 타자들에게 맡기는 게 나았다. 타석에 들어선다고 해서 투수의 역할이 달라지는 건 결코 아니었다.

"후우…… 알겠어요."

한정훈도 이내 고개를 주억거렸다. 속이 후련할 정도는 아니지만 랜디 제이슨 덕분에 마음을 짓누르던 돌덩어리 몇 개는 내려놓을 수 있을 것 같았다.

98장
뉴욕 뉴욕(3)

양키즈는 템파베이 원정에서 2승 1패를 거두었다. 본래 조지 지라디 감독의 목표는 시리즈 스윕이었지만 레이스가 1차전에서 루이스 세자르를 무너뜨리며 위닝 시리즈를 가져가는 데 만족해야 했다.

다행히도 레드삭스가 에인젤스에게 1승 2패로 밀리면서 7경기 차이는 다시 6경기로 좁혀졌다.

와일드카드 순위는 단독 2위. 1위인 매리너스와 2경기 차이를 유지하고 있었다.

106경기. 시즌의 64% 정도를 소화한 시점에서 양키즈의 포스트시즌 전망은 맑은 편이었다.

지구에서는 블루제이스와 오리올스가 여전히 맹추격 중이

었고 와일드카드 순위에서도 화이트삭스와 인디언스의 위협을 받고 있긴 했지만, 투수진의 안정화 속에서 차곡차곡 승리를 쌓아가는 양키즈의 전력은 시즌 초와는 비교조차 할 수 없을 만큼 탄탄해져 있었다.

반면 메츠의 포스트시즌 진출은 불투명한 상태였다. 5월까지 여유 있게 내셔널리그 동부 지구 선두를 달렸지만 6월 이후 잦은 연패에 시달리며 내셔널스에게 9경기 차이로 뒤진 지구 2위에 머무르고 있었다.

현실적으로 유일한 희망인 와일드카드 획득도 쉽지 않아 보였다. 다저스, 파이어리츠, 컵스 등 쟁쟁한 팀이 높은 승률을 유지하는 터라 2위까지 올라가는 게 아득해 보였다.

이런 상황에서 한정훈이 등판하는 서브웨이 시리즈 1차전은 양키즈는 물론 메츠에게도 물러설 수 없는 경기가 되어버렸다.

"홈과 원정을 오가는 4연전이 잡혔으니까요. 일정상 어차피 한 번은 한정훈이 등판할 수밖에 없었습니다."

"메츠 입장에서 봤을 때 그나마 다행인 건 한정훈을 시디 필드에서 보게 됐다는 점입니다."

"같은 뉴욕이긴 하지만 시디 필드는 양키즈 스타디움과 분위기가 다르죠. 물론 리그도 다르고요."

"만약에 이번 경기까지 한정훈의 내셔널리그 원정 징크스가 이어진다면 서브웨이 시리즈의 승자는 메츠가 될 가능성이 큽니다."

"한정훈의 팬으로서 달가운 이야기는 아니네요. 하지만 최근 경기력까지 감안한다면 한정훈이 다소 실망스러운 경기력을 보여줄 것 같은 느낌이 듭니다."

"정말 그렇게 된다면 양키즈의 상승세도 꺾이게 될 겁니다. 사실 투수진이 안정된 건 한정훈이 에이스로서 중심을 잘 잡아줬기 때문인데, 한정훈이 흔들려 버리면 다른 투수들에게도 좋지 않은 영향을 끼치게 될 겁니다."

야구 전문가들은 서브웨이 시리즈 1차전의 결과에 따라 양 팀의 분위기가 달라질 수 있다고 말했다.

한정훈이 내셔널리그 원정 경기의 부담을 떨쳐내고 제 모습을 되찾는다면 양키즈의 상승세도 당분간 계속될 것이라고 전망했다.

하지만 만약 메츠가 홈에서 한정훈이라는 대어를 잡아낸다면 최근 좋지 않았던 팀 분위기를 되살리는 전환점이 될 것이라고 내다봤다.

"경기 전부터 엄청 부담을 주는데요?"

핸드폰으로 여론의 분위기를 접한 하리모토 쇼타가 고개를 흔들어 댔다.

뉴욕을 연고지로 한 라이벌 구단 간의 맞대결이라고는 하지만 마치 월드 시리즈라도 펼쳐지는 것처럼 호들갑을 떠는 건 이해가 가지 않았다.

"확실히 올해는 좀 유별나. 작년에도 이 정도까지는 아니었는데 말이야."

다나카 마스히로도 동의하듯 고개를 주억거렸다. 서브웨이 시리즈가 언론의 주목을 받긴 했지만, 솔직히 올 시즌은 과하게 느껴질 정도였다.

"한정훈은 괜찮을까요?"

하리모토 쇼타가 걱정스럽게 중얼거렸다. 가뜩이나 부담스러운 내셔널리그 원정 경기인데 오늘 경기에서 패배하기라도 했다간 뉴욕 언론이 가만있지 않을 것 같았다.

하지만 정작 한정훈은 언제나처럼 대수롭지 않게 넘겨 버렸다.

"내 걱정 말고 네 걱정이나 해."

"그게 무슨 소리야?"

"내일 메츠 타자들이 단단히 벼르고 나올 테니까 미리 마음의 준비를 하고 있으라고."

한정훈의 한마디에 다나카 마스히로가 큭 하고 웃음을 흘렸다. 잠시 어리둥절해하던 하리모토 쇼타도 뒤늦게 한정훈의 말뜻을 알아듣고는 미간을 찌푸렸다.

"그러니까 뭐야? 넌 이길 자신 있다 이거야?"

"당연하지."

"젠장, 잠시나마 너를 걱정한 내가 바보 멍청이다."

하리모토 쇼타가 재수 없다며 한정훈을 흘겨보았다. 하지만 그것도 잠시. 내일 경기에 대한 부담감이 커지자 더는 버티지 못하고 투수 코치를 찾아 걸음을 움직였다.

그사이 로비 토마스 벤치 코치가 한정훈에게 다가왔다.

"정훈, 기분은 어때?"

"좋습니다."

"정말이지?"

"네, 전혀 문제없어요."

로비 토마스 코치는 한참이나 한정훈과 대화를 나누었다. 그러면서 한정훈의 컨디션을 면밀하게 살폈다.

"어때 보여?"

"나쁘진 않아 보입니다."

"지난 경기와 비슷한 수준인가?"

"지난 경기보다는 더 좋아 보였습니다."

"그렇다면 다행이고."

한정훈의 상태를 전해 들은 조지 지라디 감독이 안도의 한숨을 내쉬었다. 언론들의 입방아로 인해 한정훈이 흔들리면 어쩌나 걱정했는데 다행히도 기우였던 모양이었다.

그렇다고 해서 자신을 걱정하게 만든 뉴욕 언론의 행태까지 용납이 되는 건 아니었다.

"이것도 블랭키 톰슨의 짓이겠지?"

조지 지라디 감독이 미간을 찌푸렸다.

블랭키 톰슨 부사장. 그가 나선 게 아니고서야 뉴욕 언론이 한목소리로 한정훈과 양키즈를 짓누를 리 없었다.

"아무래도 그렇겠죠."

로비 토마스 코치도 쓴웃음을 지었다. 물론 뉴욕 언론이 순수하게 잘 나가는 양키즈와 한정훈을 걱정하는 것일지도 모르겠지만 현실적으로 그럴 가능성은 없다시피 했다.

"망할 인간 같으니. 차라리 지라고 저주를 퍼붓지 이게 뭐하는 짓이야?"

조지 지라디 감독의 감정이 격해졌다. 어떻게든 자신과 브라이언 캐시 단장을 쫓아내고 싶은 블랭키 톰슨 부사장의 속내를 모르지는 않지만 한창 중요한 시기에 찬물을 끼얹는 건 매너가 아니었다.

그러자 로비 토마스 코치가 주변을 빠르게 훑더니 조지 지라디 감독을 자중시켰다.

"조지, 언성을 낮춰요. 주변에 기자들이 있을지도 모릅니다."

"크으, 젠장할."

"일단은 경기에 집중하자고요. 오늘 경기만 이기면 언론의 입방아도 잦아들 겁니다."

　뉴욕 언론들이 우려하는 양키즈 위기론의 핵심은 최근 좋지 않은 경기력을 선보이고 있는 한정훈이 오늘 경기에서 또다시 부진한 투구를 이어갈지 모른다는 점이었다.

　투수도 사람인 이상 컨디션이 사이클을 탈 수밖에 없었다. 누구나 평소보다 잘 던지는 날이 있고 평소만 못한 날이 있기 마련이다.

　뉴욕 언론들도 한정훈이 올스타 전 등판 이후 컨디션이 좋지 않은 시기를 지나고 있다고 말했다. 문제는 한정훈의 부진이 팀 성적과 직결된다는 점이었다.

　한정훈이 양키즈 에이스로서 가장 크게 기여한 건 불펜 피로도를 줄여줬다는 점이다.

　22경기에 출전해 평균 8이닝 이상을 꾸준히 소화해 주었다. 그리고 그중 10경기를 홀로 책임졌다.

　한정훈이 선발로 나온 경기에서 양키즈가 출전시킨 불펜 투수는 18명밖에 되지 않았다.

　경기당 평균 0.8명. 메이저리그를 통틀어 한정훈보다 불펜 투수들의 체력을 비축해 준 선수는 없었다.

　조지 지라디 감독이 평소 공격적인 불펜 운영을 할 수 있었던 것도 한정훈 덕분이었다. 한정훈의 등판 때 최소한의 불펜 투수만 준비시키고 나머지 투수들에게 휴식을 부여하는 게 불펜의 약진으로 이어지고 있는 것이다.

그러나 만에 하나 한정훈이 장기 부진에 빠지고 소화 이닝이 줄어든다면 양키즈의 불펜진은 과부하에 걸리게 될 가능성이 컸다.

가뜩이나 젊은 투수들이 많은 상황에서 잦은 등판으로 불펜진의 구위마저 하락한다면 조지 지라디 감독의 공격적인 투수 교체 작전도 어려워질 수밖에 없었다. 그리고 그 여파는 고스란히 양키즈의 성적 악화로 이어질 게 뻔한 상황이었다.

"결국 한정훈을 믿어야겠지."

조지 지라디 감독의 복잡해진 시선이 한정훈을 찾았다. 갑작스럽게 찾아온 이 압박감에서 자신과 팀을 구해줄 수 있는 건 역시나 한정훈밖에 없었다.

"타자들이 초반에 점수를 내준다면 편할 텐데요."

로비 토마스 코치가 나직이 말을 받았다. 평소 한정훈이 마운드에 설 때는 느긋하게 경기를 지켜보는 편이었지만 오늘만큼은 초반 득점이 절실하게 느껴졌다.

그래서일까. 양키즈 타자들은 초반부터 적극적으로 방망이를 내돌렸다.

따악!

선두 타자 브라이언 리가 잡아당긴 타구가 3유간을 꿰뚫고 지났다. 원 스트라이크 원 볼 상황에서 메츠의 에이스 노아 선더가드의 3구째 체인지업을 공략해 팀의 첫 안타를 만들어 낸 것이다.

"중심 타자들의 컨디션이 좋으니까 일단 2루로 보내자고."

조지 지라디 감독은 곧바로 번트 사인을 냈다. 양키즈의 중심 타선에 완전히 자리를 잡고 있는 3번 타자 제이크 햄튼과 4번 타자 그린 버드를 믿고 브라이언 리를 진루시킬 계획이었다.

딱!

3루 코치를 통해 작전을 확인한 2번 타자 비비 그레고리우스는 2구째 들어온 몸 쪽 포심 패스트볼을 정확하게 3루 쪽으로 꺾어 놓았다. 그리고 그 타구가 3루 라인을 타고 흐르면서 행운의 내야 안타로 이어졌다.

"젠장할!"

타구가 라인 밖으로 벗어나길 기다렸던 데이비즈 본즈가 얼굴을 일그러뜨렸다. 대시가 늦은 탓에 일부러 공을 지켜봤는데 최악의 결과로 이어지고 만 것이다.

하지만, 노아 선더가드는 피식 웃으며 데이비즈 본즈를 독려했다.

"괜찮아. 나라도 그렇게 했을 거야."

잠시 마음을 다잡은 뒤 노아 선더가드는 투수판을 힘껏 밟

앗다. 그리고 제이크 햄튼, 그린 버드, 더스티 애클리로 이어
지는 양키즈의 클린업 트리오를 전부 삼진으로 돌려세워 버
렸다.

"크아아! 역시 노아라니까?"

"양키즈 녀석들, 한정훈만 믿고 까부는데 우리에게는 노
아가 있다고!"

"아마 한정훈도 노아의 피칭을 보고 깜짝 놀랐을걸?"

"맞아. 무사 1, 2루의 절호의 기회가 날아갔잖아! 그것도
중심 타자들이 전부 삼진으로 나가떨어졌으니까 아주 단단
히 열이 받았을 거야."

메츠 팬들은 에이스 노아 신더가드의 위력투에 흥분을 감
추지 못했다. 아울러 노아 신더가드의 피칭에 한정훈도 상당
히 자극을 받았을 것이라고 확신했다.

하지만 정작 마운드에 오른 한정훈은 특유의 무표정한 얼
굴로 로진백을 두드리기 바빴다.

그러는 사이 1번 타자 월슨 헤레라가 타석에 들어왔다.

–메츠의 선두 타자는 월슨 헤레라입니다.

–현재까지 2할 9푼 2리의 타율을 기록 중입니다.

–지난 시리즈에서 13타수 5안타로 4득점으로 맹활약했는
데요.

─한정훈이 메츠의 1번 타자를 어떻게 요리할지 지켜보겠습니다.

평소 같으면 한정훈의 기록들을 열거하며 극찬을 늘어놓았을 양키즈 중계진이 오늘따라 말을 아꼈다. 인정하고 싶지 않지만 쏟아지는 뉴욕 언론의 한정훈 흔들기에 중계진들조차 동요한 것이다.

'일단 차근차근 아웃 카운트를 잡아가자고.'

포수 마스크를 쓴 아담 앤더슨도 긴장된 얼굴로 사인을 냈다.

코스는 바깥쪽.

구종은 포심 패스트볼.

한정훈은 가볍게 고개를 끄덕였다.

"후우……."

길게 숨을 고르며 한정훈이 천천히 투수판을 밟았다. 그리고는 있는 힘껏 공을 내던졌다.

후아앗!

한정훈의 손끝을 빠져나온 새하얀 공에 모두의 시선이 몰려들었다.

'온다!'

한정훈을 처음 상대하는 윌슨 헤레라도 눈을 부릅떴다. 일단 초구는 지켜보겠지만 만에 하나 한정훈의 공이 가운데로 몰리는 듯한 느낌을 준다면 주저하지 않고 방망이를 휘두를 생각이었다.

하지만 공은 윌슨 헤레라의 예상보다 훨씬 빨리 홈 플레이트 뒤로 사라져 버렸다. 윌슨 헤레라가 놀란 눈으로 고개를 돌렸을 때는 이미 구심의 오른팔이 올라간 뒤였다.

"스트라이크."

구심의 단호한 목소리가 윌슨 헤레라의 귓가에 울렸다.

"젠장."

윌슨 헤레라가 입술을 질근 깨물었다. 어지간한 공은 전부 걷어낼 자신이 있는데 한정훈의 초구는 어떻게 공략해야 할지 계산이 서질 않았다.

반면 한참 동안 공을 움켜쥐었던 아담 앤더슨의 표정은 달랐다.

'오늘은 공이 좋은데?'

손바닥을 울리는 느낌이 애스트로스전 때보다 훨씬 묵직하게 느껴졌다.

'컨디션이 좋아졌다더니 정말인가?'

잠시 고심하던 아담 앤더슨이 2구째 바깥쪽으로 꽉 차게 들어오는 투심 패스트볼을 주문했다.

한정훈은 이번에도 고개를 주억거렸다. 그리고 아담 앤더슨의 미트 속에 정확하게 공을 찔러 넣었다.

퍼엉!

묵직한 포구음과 함께 구심이 또다시 스트라이크를 외쳤다.

"빠졌다고요!"

윌슨 헤레라가 너무 멀었다고 항의했지만 구심은 받아들여 주지 않았다.

공이 백도어성으로 흘러들어왔으니 멀게 느껴지는 건 이해했지만 그렇다고 해서 정확하게 홈 플레이트 바깥쪽 라인 위에 걸쳐 들어온 공을 볼이라고 선언할 수는 없는 노릇이었다.

"젠장할!"

한정훈의 실투를 노리다 순식간에 투 스트라이크에 몰린 윌슨 헤레라는 마음이 급해졌다.

지난 경기에서 한정훈의 바깥쪽 공 제구가 들쑥날쑥했던 만큼 일부러 바깥쪽 코스를 버리고 있었는데 이대로 가다간 아무것도 해보지 못하고 삼진을 먹을 것만 같았다.

'어디 바깥쪽으로 또 하나 던져 봐!'

윌슨 헤레라가 질근 입술을 깨물었다. 하지만 한정훈의 구위를 직접 확인한 아담 앤더슨이 3구 연속 바깥쪽 승부를 가져갈 리 없었다.

'좋아, 정훈. 여기서 끝을 보자고.'

아담 앤더슨의 미트가 윌슨 헤레라의 몸 쪽으로 움직였다. 최근 경기에서 몸 쪽 공의 제구가 밋밋해진 경우가 많아서 경기 초반 바깥쪽으로 사인을 내긴 했지만, 한정훈의 컨디션이 완전히 회복된 것이라면 이야기는 달랐다.

"진즉 그럴 것이지."

한정훈이 피식 웃으며 고개를 끄덕거렸다.

후아앗!

마운드 위에서 총알처럼 쏘아낸 공이 윌슨 헤레라의 몸 쪽을 파고들었다.

"젠자앙!"

허를 찔린 윌슨 헤레라가 반사적으로 방망이를 휘둘렀다. 하지만 공은 그보다 한발 먼저 홈 플레이트를 스쳐지나 버렸다.

99장
뉴욕의 주인(1)

"스트라이크 아웃!"

구심이 요란스럽게 삼진 콜을 외쳤다. 그와 동시에 시디 필드 곳곳에서 한숨이 터져 나왔다.

"아오! 이 멍청아! 그걸 치면 어떻게 해?"

"윌슨 녀석! 대체 뭘 보고 있는 거야?"

"방금 공 한가운데로 들어오는 거 아니었어?"

"아니야! 높았다고. 안 치면 볼이었어!"

"저 자식, 가끔가다가 저렇게 찬물을 끼얹는다니까? 난 이 래서 윌슨을 1번 타순에 기용하는 걸 반대했다고."

메츠 팬들은 윌슨 헤레라가 쓸데없이 방망이를 휘둘러 한 정훈을 도와줬다고 생각했다. 설마하니 한정훈의 몸 쪽으로 파고든 공이 스트라이크존을 아슬아슬하게 통과했다고는 생각하지 않았다.

대기 타석에 있던 후안 가레스도 윌슨 헤레라가 성급했다고 여겼다. 그래서 윌슨 헤레라가 고개를 절레절레 흔들 때도 심각성을 느끼기는커녕 피식 웃고 말았다.

"윌슨, 리드 오프란 말이야 나쁜 공은 골라낼 줄도 알아야 한다고. 내가 하는 걸 잘 보고 배워."

후안 가레스는 자신만만한 얼굴로 타석에 들어섰다. 게다가 홈 플레이트에 바짝 붙어 서는 대담함까지 보였다.

'이 녀석은 뭐지? 조금 전 한정훈의 공을 보지 못한 거야?'

아담 앤더슨이 고개를 갸웃거렸다. 정말로 한정훈의 몸 쪽 공을 보지 못한 것인지 아니면 몸 쪽 공에 대한 확실한 대안이 있는 것인지 헷갈릴 정도였다.

'정훈, 어떻게 했으면 좋겠어?'

후안 가레스에 대한 정보가 충분하지 않은 탓에 아담 앤더슨은 한정훈에게 결정권을 넘겼다.

첫 번째 사인은 바깥쪽 포심 패스트볼.

두 번째 사인은 몸 쪽 포심 패스트볼.

똑같은 포심 패스트볼이었지만 코스 선택권을 한정훈에게 주었다.

한정훈은 고심하지 않고 글러브를 두 번 까닥거렸다. 한국은 물론 국제 대회에서도 홈 플레이트에 바짝 붙은 타자를 상대로 도망친 적은 없었다.

'대기 타석에서는 내 공이 잘 안 보였나 본데 이번엔 제대로 봐보라고.'

포심 패스트볼 그립으로 공을 단단히 움켜쥔 뒤 한정훈이 홈 플레이트를 향해 힘껏 몸을 내던졌다.

후아앗!

손가락 끝에 차인 공이 빠르게 회전하며 후안 가레스의 몸 쪽으로 파고들었다.

그 순간, 후안 가레스의 얼굴이 하얗게 질려 버렸다. 한정훈의 공이 자신의 무릎을 맞출 것 같은 공포에 빠져든 것이다.

하지만 사선으로 홈 플레이트를 가로지른 공은 공 하나 간격을 두고 후안 가레스의 무릎 앞쪽을 지나 포수 미트에 파묻혔다.

"스트라이크!"

살짝 깊은 감이 없지 않았지만 구심은 스트라이크를 선언했다. 자연스럽게 한정훈의 입가를 타고 웃음이 번졌다.

"저 코스에 스트라이크를 준다 이거지?"

한정훈이 초구에 몸 쪽 포심 패스트볼을 선택한 건 스트라이크를 잡기 위해서가 아니었다. 겁도 없이 홈 플레이트에 들러붙은 후안 가레스에게 겁을 주기 위해서였다.

2년 전만 해도 후안 가레스는 메츠의 1번 타자였다. 월슨 헤레라의 등장으로 2번 타순으로 밀려나긴 했지만, 번개 같은 스윙으로 몸 쪽 공을 잡아내는 타격 기술은 메이저리그에서도 첫 손에 꼽힐 정도였다.

그래서 한정훈은 일부러 공 반 개 정도를 깊숙이 찔러 넣었다. 후안 가레스가 잡아당기더라도 파울 타구가 되도록 코스를 조절했다.

그런데 정작 구심은 그 코스마저 스트라이크를 잡아주고 있었다.

'아담이 구심의 성향을 제대로 파악했을까?'

한정훈의 시선이 아담 앤더슨에게 향했다. 그러자 아담 앤더슨이 기다렸다는 듯이 손가락을 움직였다.

'역시. 눈썰미 하나는 좋다니까.'

사인을 확인한 한정훈이 피식 웃었다.

아담 앤더슨의 주문은 바깥쪽.

구종은 변종 체인지업이었다.

처음보다 타석에서 반 발자국 정도 물러난 것으로 보아 후안 가레스도 몸 쪽 패스트볼에 대비하고 있을 터. 이럴 때 역으로 바깥쪽으로 변화구를 던진다면 후안 가레스의 방망이를 끌어낼 수 있었다.

게다가 2구째 후안 가레스의 시선을 바깥쪽으로 끌어내는 데 성공한다면 3구째 다시 몸 쪽으로 승부를 걸 수 있었다.

　"좋아, 좋아."

　한정훈이 흔쾌히 고개를 끄덕거렸다. 그 모습이 중계 카메라를 통해 세계로 퍼져나갔다.

　-한정훈, 뭔가 흡족한 표정인데요.

　-아담 앤더슨의 사인이 마음에 든 모양이네요.

　-아담 앤더슨이 어떤 사인을 냈을까요?

　-일단 바깥쪽 공을 요구한 것 같습니다.

　-호르에라면 어땠을까요?

　-언제 승부를 거느냐에 따라 다르겠죠. 2구째 범타를 끌어낼 생각이라면 다시 한 번 몸 쪽 공을 유도할 것 같습니다. 하지만 3구 이후로 승부를 미룬다면 바깥쪽에 공을 하나 보여주는 선택을 하겠습니다.

　-만약 바깥쪽을 선택했다면 구종은요?

　-초구가 몸 쪽 깊숙이 파고들었으니 2구째는 바깥쪽으로 도망가는 변화구가 나을 것 같아요.

　-슬라이더겠군요.

　-하지만 한정훈은 슬라이더가 없으니 변종 체인지업을 주문하겠죠.

─자, 과연 호르에의 말대로 한정훈이 변종 체인지업을 던질지 지켜보겠습니다.

캐스터 마크 앨런의 말이 떨어지기가 무섭게 한정훈이 힘껏 공을 내던졌다. 그리고 그 공은 바깥쪽으로 똑바로 날아가는가 싶더니 마지막 순간에 꼬리를 말며 홈 플레이트를 벗어나 버렸다.

하지만 이번에도 구심은 가볍게 주먹을 들어 올렸다. 후안 가레스의 방망이가 홈 플레이트를 스쳐 지났다고 판단한 것이다.

"크아악! 젠장할!"

마지막 순간 허리를 멈춰 세웠음에도 스윙으로 인정되자 후안 가레스의 입에서 욕지거리가 터져 나왔다.

패스트볼 타이밍으로 방망이를 내돌렸는데 하필 체인지업이라니. 그것도 바깥쪽으로 도망치는 변종 체인지업이라니.

한정훈─아담 앤더슨 배터리에게 철저하게 농락당하는 기분이었다.

"후우…… 침착하자, 침착해."

타석에서 잠시 벗어난 후안 가레스가 힘겹게 흥분을 가라앉혔다.

공 두 개로 벌써 투 스트라이크로 몰린 상황이었다. 여기서 판단을 잘못했다간 월슨 헤레라처럼 3구 삼진으로 물러나게 될 수 있었다.

'그럴 순 없지.'

후안 가레스가 입술을 질근 깨물었다. 월슨 헤레라에게 내준 1번 타자 자리를 되찾기 위해서라도 여기서 뭔가를 보여 줘야만 했다.

'2구째 체인지업을 던졌으니 3구째는 무조건 패스트볼을 던질 거야. 문제는 코스인데…….'

잠시 고심하던 후안 가레스가 바깥쪽을 선택했다. 역으로 몸 쪽 공이 들어온다 하더라도 빠른 스윙으로 얼마든지 걷어 낼 수 있다는 판단 때문이었다.

'바깥쪽을 노리나 보군.'

후안 가레스의 타격 위치가 다시 홈 플레이트 쪽으로 들어오자 아담 앤더슨이 기다렸다는 듯이 3구째 사인을 냈다.

"하하."

한정훈의 입가로 다시 웃음이 번졌다. 자신이 승부구로 던지고 싶어 하는 공을 아담 앤더슨이 정확하게 맞춰 버린 것이다.

'역시 아담이야.'

한정훈은 투수판을 힘껏 밟았다. 그리고 곧바로 후안 가레스의 몸 쪽을 향해 공을 던졌다.

후아앗!

바람 소리와 함께 공이 날아들자 후안 가레스가 미간을 꿈틀거렸다. 매섭게 회전하는 공의 모습 속에서 불현듯 초구의 잔상이 느껴진 것이다.

'초구처럼 스트라이크를 받게 할 수는 없어!'

후안 가레스는 이를 악물고 방망이를 내돌렸다. 한정훈의 공이 홈 플레이트를 파고들기 전에 먼저 파울라인 밖으로 걷어내 버릴 생각이었다.

후웅!

요란한 바람 소리와 함께 후안 가레스의 방망이가 홈 플레이트를 스쳐 지났다. 하지만 후안 가레스가 바라던 타격 소리는 울리지 않았다. 대신 후안 가레스가 꿈에도 생각하지 않았던 최악의 순간이 펼쳐졌다.

퍼엉!

묵직한 미트 소리가 후안 가레스의 귓가를 때렸다. 뒤이어 구심의 쩌렁쩌렁한 삼진 콜이 시디 파크를 쩌렁쩌렁하게 울려 놓았다.

─한정훈! 삼진! 삼진입니다!

─깐깐한 타자 후안 가레스를 상대로 좋은 결과를 만들어 냈어요.

-아울러 두 타자 연속 탈삼진입니다.
-이대로만 가면 오늘 경기도 편하게 볼 수 있겠어요.

　기대 이상의 견고한 피칭에 양키즈 중계진은 흥분을 감추지 못했다. 반면 한정훈의 부진을 예언하고 실현되길 기다렸던 메츠 중계진은 당혹감에 말을 잇지 못했다.

-아직 경기는 끝난 게 아닙니다.
-이제 1회 말 공격이 진행 중입니다. 한정훈이 경기 후반에 방전되는 경우가 잦은 만큼 6회나 7회쯤 메츠에게 기회가 올 겁니다.

　메츠 중계진은 싸움은 이제부터라고 말했다. 한정훈과 에이스인 노아 선더가드가 자신의 피칭을 선보인 만큼 투수 간의 맞대결이 경기 중반까지는 이어질 것이라고 내다봤다.
　그러는 동안 3번 타자 마이크 콘포토가 타석에 들어섰다.
　'일단 바깥쪽 공으로 스트라이크를 잡아볼까?'
　아담 앤더슨이 바깥쪽 커터를 요구했다. 후안 가레스 못지 않은 빠른 스윙에 팀 내 최고의 순장타율(0.254)을 기록 중인 마이크 콘포토를 상대로 초구부터 몸 쪽 승부를 거는 건 위험하다고 판단했다.

'마누라가 원하는 대로 던져 드려야지.'

한정훈은 힘껏 고개를 끄덕였다. 그리고 아담 앤더슨이 바깥쪽 스트라이크존에 걸친 미트를 향해 힘껏 공을 내던졌다.

후아앗!

빠르게 날아간 공이 홈 플레이트를 사선으로 가르며 포수 미트 속을 파고들었다.

전광판 구속은 104mile/h($≒167.3km/h$).

'허……!'

졸지에 볼카운트를 하나 잃은 마이크 콘포토가 고개를 절레절레 흔들어 댔다.

'이번에는 이걸로…….'

원 스트라이크 상황에서 아담 앤더슨이 요구한 건 너클 커브였다. 머릿속이 복잡한 마이크 콘포토를 제대로 엿 먹이기 위해 타자가 타이밍 잡기가 쉽지 않은 너클 커브를 선택한 것이다.

한정훈은 이번에도 군말 없이 고개를 끄덕거렸다. 오늘 처음으로 잡은 너클 커브 그립이 낯설긴 했지만, 마이크 콘포토의 타이밍을 빼앗는 데는 제격이라 여겼다.

"후우……."

길게 숨을 내쉬며 온몸을 잠시 이완시킨 뒤 한정훈은 짧게 숨을 들이켰다. 그리고 그 호흡으로 홈 플레이트를 향해 공을 내던졌다.

후앗!

한정훈의 손끝을 빠져나간 공은 너울너울 춤을 추며 머리 높이로 날아들었다.

코스는 거의 한복판. 만약 마이크 콘포토가 너클 커브를 노렸다면 장타로 이어질 수 있는 상황이었다.

하지만 한정훈의 투구 동작과 동시에 타격 자세에 들어갔던 마이크 콘포토는 예상보다 한참 늦게 날아든 너클 커브를 제대로 맞춰내지 못했다.

따악!

방망이 끝에 걸린 타구가 그대로 백네트 뒤쪽으로 넘어갔다. 뒤이어 전광판에 노란색 램프가 하나 추가로 들어왔다.

투 스트라이크 노 볼.

투수가 절대적으로 유리한 볼카운트 속에서 한정훈의 3구째가 날아들었다.

후아앗!

바람 소리를 내며 날아든 공은 순식간에 십여 미터를 날아 마이크 콘포토의 코앞까지 다가왔다.

마이크 콘포토가 이를 악물고 방망이를 끌어내 봤지만, 공은 마이크 콘포토의 스윙보다 한발 앞서 홈 플레이트를 스쳐 지나 버렸다.

"빌어먹을!"

마이크 콘포토가 신경질적으로 방망이를 내던졌다. 그리고는 매서운 눈으로 한정훈을 노려봤다. 자신을 3연속 3구 삼진의 제물로 삼은 한정훈을 도저히 용서할 수가 없었다.

그러나 한정훈의 탈삼진 행진은 다음 이닝에서도 계속됐다.

2회 초, 양키즈의 공격은 득점 없이 끝이 났다. 한정훈이 만들어 낸 좋은 분위기를 이어가기 위해 타자들이 애를 써봤지만, 노아 선더가드의 공을 이겨내지 못했다.

−삼진! 삼진입니다!

−노아 선더가드! 로비 래프스나이더를 삼진으로 돌려세웁니다.

−벌써 탈삼진 5개째인데요. 이 추세라면 올 시즌 최다인 14개도 충분히 넘어설 것 같습니다.

메츠 중계진이 다시 들썩거렸다. 언론의 압박 속에서도 한정훈이 제 공을 던진다는 사실이 노아 선더가드에게 또 다른 부담감으로 전해질까 걱정했지만, 노아 선더가드는 한정훈 못지않은 공격적인 피칭으로 양키즈 타자들을 압도하고 있었다.

덩달아 양키즈 중계진의 목소리도 굳어졌다.

―노아 선더가드, 오늘 컨디션이 좋아 보이네요.
―후반기 3경기에서 2승에 평균 자책점 1.50을 기록 중이었으니까요. 그 기세를 오늘 경기에서도 이어가는 느낌입니다.

아직 경기 초반이긴 하지만, 노아 선더가드의 호투가 심상치 않게 느껴진 것이다.

2이닝 동안 번트 안타 포함 피안타 2개를 내줬지만 양키즈 타선을 무실점으로 틀어막았다.

투구 수는 26개. 노아 선더가드가 경기당 평균 115구 정도를 던지는 만큼 완투까지도 무리가 없어 보였다.

그렇다고 노아 선더가드가 투구 수를 아끼기 위해 맞춰 잡는 피칭을 한 것도 아니었다.

노아 선더가드는 여섯 개의 아웃 카운트 중 5개를 삼진으로 잡아냈다. 그중 3개는 3구 삼진이었다.

"이거 거의 한정훈 기록지 같은데요?"

로이 토마스 벤치 코치가 노아 선더가드의 투구 기록지를 살피며 중얼거렸다. 여기서 피안타 기록만 가린다면 한정훈의 경기 초반 기록이라 둘러대도 전부 속아 넘어갈 것 같았다.

"아주 우리를 엿 먹이려고 작정하고 덤벼드는 느낌이야."

조지 지라디 감독이 미간을 찌푸렸다. 분위기만 놓고 보자면 뉴욕이 아니라 보스턴에 있는 것 같은 느낌마저 들었다.

그러나 조지 지라디 감독의 불편함은 오래 가지 않았다.

"스트라이크!"

마운드에 오른 한정훈이 또다시 불같은 강속구를 꽂아 넣었기 때문이다.

"그렇지!"

조지 지라디 감독이 기다렸다는 듯이 주먹을 움켜쥐었다. 포수 미트를 울리는 묵직한 소리가 답답했던 속을 뻥 하고 뚫어주는 것만 같았다.

"좋아! 좋아!"

"잘하고 있어! 그대로만 던져!"

로비 토마스 코치를 비롯한 코칭스태프와 선수들도 환호성을 내질렀다. 노아 선더가드가 삼진 2개를 솎아내며 경기의 균형을 맞춰놨지만, 한정훈은 단 1구만에 그 분위기를 양키즈 쪽으로 되돌려 놓았다. 그것도 메츠의 4번 타자 데이비드 본즈를 상대로 말이다.

"……!"

반면 눈 깜짝할 사이에 한 방 얻어맞은 데이비드 본즈는 반쯤 얼이 빠져 있었다.

한정훈의 공이 빠르다는 건 익히 들어 알고 있었지만, 무릎 앞을 공 하나 차이로 스쳐 지나가 버린 날카로운 포심 패스트볼은 상상 그 이상이었다.

'106마일? 아니면 107마일?'

데이비드 본즈가 해답을 얻기 위해 전광판을 바라봤다. 하지만 전광판에 찍힌 숫자는 데이비드 본즈의 예상에 미치지 못했다.

103mile/h.

한정훈의 최고 구속보다 1mile/h이 느린 공이었다.

'이게…… 전력을 다한 게 아니라고?'

데이비드 본즈는 다시 한 번 고개를 가로저었다. 조금 전 초구가 운 좋게 들어온 최고의 공이길 바랐는데 정작 한정훈은 자신을 상대로 여유를 부리고 있었다.

'침착하자, 침착해.'

데이비드 본즈가 길게 숨을 내쉬며 방망이를 들어 올렸다. 그러면서 한정훈과 리듬을 맞추기 위해 노력했다.

하지만 한정훈은 방망이를 까닥거리는 데이비드 본즈에게 타이밍을 맞춰줄 생각이 없었다.

투수판을 밟은 한정훈이 두 손을 가슴에 모았다. 그 순간 데이비드 본즈가 지체하지 않고 타격 자세에 들어갔다. 한정훈의 빠른 공에 대처하기 위해서는 미리 반응할 수밖에 없다고 여겼다.

그러나 영악하게도 한정훈은 초구 때보다 반 박자 늦게 투구 동작에 들어갔다.

"젠장할!"

한정훈의 노련함에 타이밍을 빼앗긴 데이비드 본즈가 허리 회전을 최대한 억눌렀다. 이대로는 정상적인 타격이 이루어지기 힘들었지만, 한정훈을 상대로 바보 같은 헛스윙은 하고 싶지 않았다.

'걷어낸다!'

데이비드 본즈는 마지막까지 공에서 시선을 떼지 않았다. 바깥쪽으로 도망치는 공이 타격 존 안에 들어오자 팔을 쭉 내밀며 어떻게든 맞춰 내려 했다.

하지만 애석하게도 공은 방망이에 닿지 않았다. 포심 패스트볼이라 여겼던 공이 마지막 순간에 뚝 하고 떨어진 것이다.

"크으윽!"

엉거주춤한 자세로 헛스윙을 하고만 데이비드 본즈가 질근 입술을 깨물었다. 그렇게 두 번째 노란 램프에 불이 들어왔다.

─투 스트라이크입니다.

─데이비드 본즈, 침착해야 합니다.

메츠 중계석은 데이비드 본즈에게 서둘러서는 안 된다고 신신당부했다.

투 스트라이크 상황에서 한정훈의 스트라이크 볼 비율은 50%까지 떨어졌다. 그리고 중심 타선을 상대로는 그 비율이 40%로 더 낮아졌다.

투 스트라이크를 잡았다고 해서 무작정 힘으로 밀어붙이는 게 아니라 타자들의 조급함을 역이용하는 노련한 투구도 즐긴다는 이야기였다.

─유인구가 들어올 확률이 높습니다.

─한정훈의 공은 대부분 낮게 제구가 되는 만큼 마지막까지 공을 지켜봐야 합니다.

메츠 중계진은 한정훈이 데이비드 본즈에게 곧바로 승부를 걸지는 않을 것이라고 여겼다.

나이는 어리지만 데이비드 본즈는 올 시즌 25개의 홈런을 때려내며 메츠의 새로운 4번 타자로 자리매김하고 있었다. 하지만 타석에서의 참을성은 부족한 편이었다.

아직 50여 경기가 남은 상황이지만 삼진 개수가 80개를 넘어서고 있었다.

영리한 한정훈이 데이비드 본즈의 데이터를 놓치지는 않았을 터.

그렇다면 힘들이지 않고 삼진을 잡아내기 위해 스트라이크존을 아슬아슬하게 벗어나는 공을 던져 댈 거라 단언했다.

'속아 넘어가서는 안 돼.'

타석에 들어선 데이비드 본즈도 손바닥으로 제 헬멧을 힘껏 두드리며 마음을 다잡았다.

메이저리그 최고의 제구력을 갖췄다고 평가받는 한정훈의 공을 걸러내기 위해서는 조바심을 버리고 마지막까지 공을 지켜봐야만 했다.

'참자, 참자.'

속으로 주문을 외우며 데이비드 본즈가 방망이를 들어 올렸다.

그 순간.

팟!

한정훈의 손끝에서 새하얀 공이 튕겨 나왔다.

후아앗!

바람 소리와 함께 날아든 공이 데이비드 본즈의 몸 쪽을 파고들었다. 바깥쪽 유인구를 예상하고 있었던 데이비드 본즈가 깜짝 놀라 반사적으로 방망이를 내돌려 봤지만, 공은 일찌감치 홈 플레이트 위를 지나가 버렸다.

퍼엉!

묵직한 포구음과 함께 심판의 삼진 콜이 울렸다. 동시에 시디 필드 곳곳에서 탄식이 터져 나왔다.

"아오! 저걸 놓치면 어쩌자는 거야?"

"거의 한가운데로 들어온 공이잖아! 저걸 왜 못 치는 거야!"

메츠 팬들은 무기력하게 타석에서 물러난 데이비드 본즈가 이해가 가질 않았다. 특히나 마지막 3구째 날아든 공은 평소의 데이비드 본즈였다면 충분히 공략이 가능한 코스처럼 느껴졌다.

그러나 더그아웃으로 돌아간 데이비드 본즈는 한참이나 충격에서 벗어나지 못했다. 보다 못한 베테랑들이 다가와 위로해 봤지만, 데이비드 본즈의 표정은 달라지지 않았다.

그러는 사이 5번 타자 루카스 두라마저 삼진으로 물러났다. 데이비드 본즈의 뒤를 든든하게 받쳐 주며 메츠의 해결사 노릇을 해왔지만, 한정훈의 빠르고 날카로운 공은 좀처럼 해결할 엄두를 내지 못했다.

-한정훈, 다섯 번째 삼진을 잡아냅니다.

-노아 선더가드와 같은 숫자인데요.

―미카엘 컨포트 타석이죠. 팀을 위해서라도 한정훈의 연속 타자 삼진 기록을 깨줬으면 좋겠습니다.

　메츠 중계석에도 불안함이 감돌았다. 믿었던 4번 타자와 5번 타자가 연속 3구 삼진으로 물러난 상황에서 미카엘 컨포트까지 당한다면 혼신의 역투를 펼치고 있는 노아 선더가드의 부담이 더욱 커질 수밖에 없었다.

　"여기서 끊어야 해."

　타석에 들어선 미카엘 컨포트가 단단히 방망이를 움켜쥐었다. 팀을 위해서라도, 그리고 자존심을 지키기 위해서라도 여섯 번째 삼진의 희생양이 되고 싶진 않았다.

　하지만 그런 절박함이 배터리의 눈에는 조급함으로 비칠 수밖에 없었다.

　'일단 바깥쪽으로 시선을 끌어볼까.'

　아담 앤더슨이 느긋하게 바깥쪽으로 미트를 움직였다. 사인을 확인한 한정훈은 가볍게 고개를 끄덕인 뒤 아담 앤더슨의 미트를 향해 정확하게 포심 패스트볼을 꽂아 넣었다.

　퍼엉!

　묵직한 포구음이 귓가를 때릴 때까지 미카엘 컨포트는 제자리에서 꼼짝도 하지 못했다.

　노림수를 벗어난 건 둘째 치고 한가운데서 바깥쪽으로 도망치듯 빠져나가는 공이라 도저히 손을 댈 수가 없었다.

미카엘 컨포트는 구원을 바라듯 간절한 얼굴로 구심을 바라봤다. 그렇게 하면 구심이 스트라이크 대신 볼을 선언할 것 같았다.

그러나 인정머리라고는 눈곱만큼도 없어 보이는 구심은 무표정한 얼굴로 오른팔을 들어 올렸다.

'젠장, 이런 공을 어떻게 치라는 거야?'

미카엘 컨포트가 질근 입술을 깨물었다. 그리고는 슬그머니 홈 플레이트 쪽으로 양발을 비벼 넣었다.

그러자 한정훈이 기다렸다는 듯이 몸 쪽으로 공을 찔러 넣었다.

퍼엉!

이번에도 미카엘 컨포트는 딱딱하게 굳은 얼굴로 공을 지켜볼 수밖에 없었다.

"후우……."

미카엘 컨포트의 입가를 타고 무거운 한숨이 흘러나왔다.

투 스트라이크 노 볼.

상대가 한정훈인 걸 감안한다면 살아 나갈 확률은 없는 것이나 마찬가지였다.

반쯤 전의를 상실한 얼굴로 미카엘 컨포트가 타석에 들어왔다. 그런 미카엘 컨포트를 향해 아담 앤더슨이 3구째 잔인

한 공을 요구했다.

후아앗!

한정훈의 손끝을 빠져나간 공이 한가운데로 날아들었다. 뒤늦게 정신이 번쩍 든 미카엘 컨포트가 이를 악물고 방망이를 휘둘러 봤지만, 마지막 순간에 뻗어 오른 공은 미카엘 컨포트의 방망이보다 한참 앞서서 홈 플레이트 위를 꿰뚫고 사라져 버렸다.

-한정훈! 여섯 타자 연속 3구 삼진입니다!

-정말 대단한 피칭입니다. 너무 완벽해서 지금 숨이 쉬어지질 않고 있습니다!

호르에 포사다는 자리에서 벌떡 일어나 어쩔 줄을 몰라 했다. 평소 호르에 포사다를 진정시키는 역할을 담당했던 마크 앨런도 한정훈이 선보인 탈삼진 쇼에 반쯤 넋이 나간 얼굴이었다.

반면 메츠 중계석은 그야말로 초상집 분위기였다. 한두 타자도 아니고 6타자가 연속으로 삼진을 당했다. 그것도 전부 약속이나 한 것처럼 3구 삼진으로 물러났다.

-이제 믿을 건 노아 선더가드뿐입니다.

─노아 선더가드가 분위기를 반전시켜 줘야 합니다.

중계 카메라를 통해 노아 선더가드가 마운드에 오르는 모습이 포착되자 메츠 중계진은 그제야 입을 열었다. 한정훈이 메츠 타자들을 힘으로 짓눌러 버린 상황에서 노아 선더가드마저 무너진다면 오늘 경기는 희망이 없을 것 같았다.

"후우……."

마운드에 올라선 노아 선더가드가 길게 숨을 골랐다. 자신이 남긴 흔적보다 반 발자국은 더 앞서 있는 한정훈의 발자국을 보고 있자니 왠지 모르게 기운이 빠지는 느낌이었다.

하지만 그것도 잠시. 타석으로 한정훈이 들어서자 노아 선더가드의 눈빛이 달라졌다.

'드디어 나왔군.'

노아 선더가드가 힘껏 공을 움켜쥐었다. 그렇지 않아도 한정훈 때문에 짜증이 났는데 제 발로 타석에 나와 주니 고마울 지경이었다.

그러나 한정훈은 노아 선더가드와 타석에서 싸우고 싶은 마음이 눈곱만큼도 없었다.

'네 상대는 내가 아니라 우리 팀 타자들이야. 그러니까 괜히 나한테 헛심 쓰지 말라고.'

가볍게 타석을 고른 뒤 한정훈은 홈 플레이트와 적당히 거리를 두고 섰다. 그리고 형식적으로 방망이를 들어 올렸다.

자연스럽게 노아 선더가드의 눈매가 일그러졌다. 한정훈이 적극적으로 덤벼들 줄 알았는데 타격을 할 의사가 없다는 걸 대놓고 드러내니 바보처럼 쓸데없이 열을 낸 것 같은 기분마저 들었다.

"어디 이래도 참을 수 있나 보자."

노아 선더가드는 초구에 한복판으로 들어오는 커브를 던졌다. 느릿하게 날아든 83mile/h(≒133.5㎞/h)짜리 커브가 눈앞에 아른거렸지만, 한정훈은 그 자리에서 꼼짝도 하지 않았다.

"한정훈! 겁먹지 말라고. 커브야. 내가 던질 수 있는 공들 중에서 가장 느린 공이라니까?"

노아 선더가드가 재차 커브를 던졌지만 소용없었다. 일찌감치 타격을 포기한 한정훈은 공이 날아드는 걸 멀뚱히 지켜보기만 했다.

"젠장할."

한정훈을 낚는 데 실패한 노아 선더가드는 3구째에 분노를 담아 100mile/h의 포심 패스트볼을 내던졌다. 타자도 아니고 타격에 재능이 없어 보이는 투수에게 보여주기에는 아까운 공이었지만 그렇게라도 해야 분이 풀릴 것 같았다.

그러나 한정훈은 눈 하나 깜짝하지 않고 날아드는 공을 지

켜본 뒤 타석에서 물러났다. 그리고는 더그아웃으로 돌아가
곧바로 휴식을 취했다.

　－한정훈, 또다시 삼진을 당합니다.
　－이번 타석까지 8타수 무안타인데요.
　－참고로 8타석 중 6타석에서 삼진을 당했습니다.
　－아메리칸리그에 있다 보니 별도의 타격 훈련은 하지 않
겠지만 그래도 너무 무기력한 모습입니다. 타석에 선 이상은
한정훈도 9명의 타자 중 한 명인데 말이죠.

　메츠 중계진은 한정훈의 무성의한 타격을 힐난했다. 내셔
널리그의 전통을 무시하는 짓이라며 언성을 높였다.
　반면 양키즈 중계진은 한정훈이 현명한 선택을 내렸다고
두둔했다.

　－한정훈의 짧은 타석이 끝이 났습니다.
　－한정훈이 방망이 한 번 휘둘러 보지 못하고 삼진을 당했
지만 비난하고 싶지 않습니다.
　－제 생각도 같습니다. 솔직히 지난 다이아몬드 백스전이
나 로키스전을 기억하는 분들이라면 한정훈이 타격을 포기
했을 때 박수를 보냈을 겁니다.

-한정훈이 위협구를 피해 엉덩방아를 찧는 모습은 더 이상 보고 싶지 않습니다.

　-그뿐만이 아니죠. 한정훈을 상대로 일부러 고의사구를 던지기도 했으니까요.

　-한정훈이 내셔널리그 팀의 에이스라면 어떻게든 현실에 적응하라고 충고했겠지만, 아메리칸리그에 머무는 이상 무리를 하면서까지 타석에 집중하라고 강요하고 싶지는 않습니다.

　-호르에의 의견에 절대적으로 동의합니다. 양키즈는 한정훈의 타격 능력 때문에 3억 8천만 달러를 지출한 게 아닙니다. 만약 한정훈의 타격 능력까지 고려한 협상이 이루어졌다면…….

　-조금이라도 연봉을 차감해야죠.

　-한정훈에게는 미안한 이야기지만 이번에도 호르에의 의견에 절대적으로 동의할 수밖에 없을 것 같네요.

　양키즈 타자들도 무리하지 않고 더그아웃으로 돌아온 한정훈을 웃으며 반겼다.

　"잘했어, 정훈!"

　"공격은 우리에게 맡기라고. 기필코 널 승리 투수로 만들어줄 테니까."

양키즈의 득점력은 여전히 리그 하위권이었지만 타자들은 자신들을 믿고 타석에서 물러나 준 한정훈이 오히려 고마웠다.

그래서일까.

따악!

첫 타석에서 안타를 치고 나갔던 브라이언 리가 두 번째 타석에서도 안타를 만들어 냈다.

"젠장, 또다시 공이 몰리다니."

노아 선더가드가 입술을 깨물었다. 첫 타석 때도 그랬지만 이상하게 브라이언 리만 타석에 들어서면 공이 가운데로 몰려 버렸다.

그러나 노아 선더가드는 그 정도로 흔들리지 않았다. 2번 타자 비비 그레고리우스를 2루수 앞 땅볼로 유도하며 두 번째 아웃 카운트를 잡아냈다.

그사이 발 빠른 주자 브라이언 리는 2루에 들어갔다. 타구를 잡은 2루수 윌슨 헤레라가 2루 포스 아웃을 노렸지만, 그때는 이미 브라이언 리가 2루 베이스를 향해 헤드 퍼스트 슬라이딩을 감행하고 있었다.

'이제 아웃 카운트 하나 남았다.'

2사 이후지만 주자를 등 뒤에 둔 상황에서 양키즈의 중심 타선이 이어지자 노아 선더가드는 길게 숨을 골랐다. 아웃 카운트를 잡아내겠다는 조급함이 앞서 실투라도 나왔다간 경기의 분위기가 완전히 양키즈 쪽으로 넘어가고 말 터였다.

그나마 다행인 건 3번 타자가 그린 버드가 아니라 제이크 햄튼이라는 점이었다.

―타석에 제이크 햄튼 들어섭니다.

―올 시즌 홈런은 17개. 양키즈로 트레이드된 이후로 좋은 활약을 펼쳐 주고 있습니다.

―하지만 정확도는 떨어지는 편입니다. 타율이 2할 4푼 8 리밖에 되지 않아요. 거기다 득점권 타율도 낮습니다.

―실제로 1회 첫 타석 때도 무사 주자 1, 2루 상황에서 3구 삼진을 당했죠.

―안타를 맞으면 실점할 수 있는 위기 상황이긴 하지만, 노아 선더가드가 잘 막아내 줄 것이라 예상해 봅니다.

메츠 중계진은 제이크 햄튼이 이번 기회를 살릴 가능성은 작다고 전망했다. 제이크 햄튼이 에이스급 투수에 약한 모습을 보이는 만큼 노아 선더가드를 상대로 안타를 때려내리라고는 기대하기 어렵다고 분석했다.

실제 노아 선더가드―트레이스 다노 배터리도 제이크 햄튼의 등장을 반겼다.

'비슷한 공에는 전부 방망이를 휘두르는 편이니까 일단 유인구로 볼카운트를 유리하게 만들어 볼까?'

포수 트레이스 다노는 초구에 바깥쪽으로 휘어져 나가는 슬라이더를 요구했다. 무브먼트가 좋은 만큼 바깥쪽 스트라이크존을 겨냥해 던지기만 해도 제이크 햄튼의 방망이가 딸려 나올 것이라고 확신했다.

사인을 확인한 노아 선더가드도 고개를 끄덕였다. 그리고는 공 하나 정도가 빠지는 바깥쪽 공을 내던졌다.

하지만 제이크 햄튼은 방망이를 움직이지 않았다. 2구째 몸 쪽 깊숙이 포심 패스트볼이 들어왔지만 마찬가지였다.

'뭐야, 이 녀석. 왜 안 치는 거야? 설마 벤치에서 작전이라도 나왔나?'

볼카운트가 투 볼로 몰리자 트레이스 다노가 미간을 찌푸렸다. 욕심 같아서는 사사구를 내주는 한이 있더라도 유인구 승부를 이어가고 싶었지만, 노아 선더가드에게 불필요한 부담을 안겨줄 수는 없는 노릇이었다.

그렇다고 스트라이크를 잡기 위해 너무 뻔한 공을 던졌다간 공략당할 가능성이 컸다.

'백도어성 투심으로 스트라이크를 잡자.'

잠시 고심하던 트레이스 다노가 손가락을 움직였다. 한정훈-아담 앤더스 배터리가 오른손 타자를 상대로 바깥쪽 투심 패스트볼을 던져 재미를 봤다는 걸 기억해 낸 것이다.

노아 선더가그도 대수롭지 않게 고개를 주억거린 뒤 트레이스 다노의 미트를 향해 힘껏 공을 내던졌다.

그런데 그 공이 생각보다 가운데로 몰려 버렸다. 홈 플레이트에 아슬아슬하게 걸치는 것보다 스트라이크를 잡아야 한다는 부담감이 공의 궤적으로 이어진 것이다.

'정말이야! 왔어!'

제이크 햄튼은 그 공을 놓치지 않았다. 아니, 용서하지 않았다.

따악!

제이크 햄튼이 힘껏 때려낸 공이 좌중간 쪽으로 쭉 뻗어 날아갔다. 순간 경기장에 모인 모든 이의 시선이 타구를 향해 모여들었다.

"젠장할!"

타구를 확인한 좌익수 미카엘 컨포트와 중견수 후안 가레스가 타구를 향해 동시에 내달렸다. 하지만 타구는 미카엘 컨포트에게도, 후안 가레스에게도 잡히지 않았다. 오히려 보란 듯이 둘 사이를 가로지른 뒤 펜스까지 데굴데굴 굴러 갔다.

"돌아! 돌아!"

타구가 빠지는 걸 확인한 양키즈 3루 코치 조이 에스파가

풍차처럼 팔을 내돌렸다.

2사 이후라 타격과 동시에 스타트를 끊었던 브라이언 리는 일찌감치 홈 플레이트를 밟은 뒤였다.

문제는 걸음이 느린 제이크 햄튼. 다른 타자 같았다면 3루까지 무난히 들어갈 만한 타구를 때려놓고 아직 2루에도 도착하지 못하고 있었다.

그러는 사이 공을 잡은 중견수 후안 가레스가 유격수 로벤테하다를 향해 공을 던졌다.

"멈춰! 오지 마!"

중계 플레이를 지켜보던 조이 에스파 코치가 다급히 두 팔을 들어 제이크 햄튼을 막아 세웠다.

"헉, 헉."

힘겹게 2루를 밟고 3루 쪽으로 네 걸음 정도 달려왔던 제이크 햄튼도 사인을 확인하고는 허겁지겁 2루 베이스로 되돌아갔다. 비록 개인 첫 3루타 달성에는 실패했지만 2루 베이스 위에서 숨을 고르는 제이크 햄튼의 표정은 더없이 밝기만 했다.

반면 노아 선더가드는 짙은 절망감에 빠져 있었다. 테리 컬링스 감독이 더그아웃을 박차고 나와 다독였지만, 노아 선더가드의 표정은 좀처럼 나아지질 않았다.

"후우……."

다시 혼자가 된 마운드에 서서 노아 선더가드는 전광판을 바라봤다.

1 대 0.

단 한 점 차이였지만 그 한 점이 너무나 크게만 느껴졌다.

과연 메츠 타자들이 한정훈을 상대로 2점을 뽑아내 줄 수 있을 것인가, 아니, 한 점이라도 뽑아줘서 자신을 패전의 위기에서 구해줄 수 있을 것인가.

"후우……."

로진백을 주무르며 노아 선더가드가 다시 무겁게 한숨을 내쉬었다. 다를 때라면 타자들을 믿고 던졌겠지만, 오늘은 더없이 불안하기만 했다.

뉴욕 언론이 떠들어댄 대로 한정훈이 흔들리는 모습을 조금이라도 보여줬다면 노아 선더가드도 한 점 내준 걸 홀홀 털어냈을 것이다.

양키즈와는 달리 메츠 타선은 그리 약한 편이 아니었다. 정확하게는 내셔널 리그 중위권(8위)이었다. 게다가 메츠 타자들은 에이스인 노아 선더가드가 등판할 때마다 5점에 가까운 점수를 뽑아주고 있었다.

하지만 안타깝게도 타자들은 한정훈의 호투에 꽁꽁 묶여

있는 상태였다. 이 상황에서 타자들에게 득점 지원을 기대한 다는 게 무리한 요구처럼 느껴졌다.

"더 이상 점수를 내줘서는 안 돼."

노아 선더가드가 입술을 깨물었다. 그리고 매서운 눈으로 타석에 들어선 양키즈의 4번 타자 그린 버드를 노려봤다.

제이크 햄튼에게 허용한 적시타는 이미 지난 일이니 돌이킬 수가 없었다. 하지만 그린 버드를 상대하는 건 달랐다. 여기서 또다시 장타를 허용해 점수를 내주면 역전을 기대하는 것조차 불가능해질지 몰랐다.

'신중하게 가자.'

포수 트레이스 타노도 초구에 바깥쪽 꽉 찬 포심 패스트볼을 요구했다. 힘겹게 마음을 다잡은 노아 선더가드도 트레이스 타노가 원하는 코스에 정확하게 공을 집어넣었다.

"스트라이크!"

구심이 가볍게 팔을 들어 올렸다. 그린 버드가 너무 먼 것 같다며 애교 섞인 표정을 지어 봤지만 구심은 눈 하나 까딱하지 않았다.

노아 선더가드는 2구째도 바깥쪽 포심 패스트볼을 던져 볼카운트를 유리하게 만들었다. 이번에는 그린 버드가 제때 반응했지만, 공은 방망이보다 먼저 홈 플레이트 위를 스쳐 지나가 버렸다.

"그렇지!"

"노아! 잘하고 있어!"

불의의 일격을 허용하고 잠시 흔들렸던 노아 선더가드가 힘을 내자 메츠 더그아웃에서도 응원의 목소리가 커졌다.

"여기서 끊어낸다면……."

테리 컬링스 감독도 주먹을 꽉 움켜쥐었다. 여기서 노아 선더가드가 4번 타자 그린 버드를 잡아내 준다면 수단과 방법을 가리지 않고 어떻게든 한 점을 만회해 볼 생각이었다.

'마지막 아웃 카운트야. 집중해.'

포수 트레이스 다노는 3구째 바깥쪽으로 빠져나가는 투심 패스트볼을 요구했다. 그린 버드의 방망이가 따라 나와도 좋고 볼이 되어도 상관없다는 계산이었다.

하지만, 노아 선더가드는 욕심을 부렸다. 투 스트라이크로 기세 좋게 그린 버드를 몰아붙인 상황에서 굳이 눈에 빤히 보이는 유인구를 던지고 싶진 않았다.

팟!

트레이스 다노의 미트 위치보다 조금 안쪽을 겨냥하며 노아 선더가드가 힘껏 공을 내던졌다.

후아앗!

한가운데로 날아들던 공이 이내 바깥쪽으로 휘어져 나가기 시작했다. 본래 트레이스 다노의 요구대로라면 공은 그린 버드의 타격존의 끝자락을 스쳐 지나야 했다.

그러나 노아 선더가드가 스트라이크를 노리면서 공은 조금 더 안쪽으로 말려 들어왔다. 그리고 그 공을 그린 버드가 놓치지 않고 때려냈다.

따악!

요란한 타격음과 함께 타구가 쭉쭉 뻗어 날아갔다.

"설마……!"

불안해진 노아 선더가드가 냉큼 고개를 돌렸다. 그러다 멍하니 하늘만 바라보고 있는 중견수 후안 가레스의 모습을 확인하고는 이내 고개를 떨어뜨렸다.

―큽니다! 계속 날아갑니다!

―그린 버드! 경기를 결정짓는 투런 홈런을 때려냅니다!

전광판을 직격하는 큼지막한 타구에 양키즈 중계진은 흥분을 감추지 못했다. 반면 메츠 중계진은 절망했다.

―맞지 말았어야 할 홈런을 내줬습니다.

―트레이스 다노가 바깥쪽으로 빠지는 유인구를 요구했는데 노아 선더가드의 공이 한가운데로 몰리고 말았습니다.

1 대 0이던 스코어가 3 대 0으로 바뀌었다. 자연스럽게 시티 필드의 분위기도 우울하게 변했다.

"하아, 틀렸어."

"아직 경기 안 끝났잖아."

"딱 보면 모르겠어? 오늘은 이길 수가 없다고."

아직 경기 초반이고 메츠 타자들의 경기당 평균 득점이 4.5점에 육박하는 만큼 포기하는 건 일러 보였다. 하지만 대부분의 메츠 팬은 역전할 수 있다는 희망을 머릿속에서 지워버렸다.

이런 상황에서도 노아 선더가드는 에이스의 역할을 다해야 했다.

"스트라이크 아웃!"

풀 카운트 접전 끝에 5번 타자 더스티 애클리를 삼진으로 돌려세우며 노아 선더가드는 마운드를 내려왔다.

당연하게도 박수를 보내주는 관중은 손에 꼽혔다. 대부분의 관중은 복잡해진 눈으로 노아 선더가드의 퇴장을 지켜보았다.

그리고 잠시 후 한정훈이 마운드에 올랐다.

─3점을 리드한 상황에서 한정훈이 올라옵니다.

─현재 여섯 타자를 연속 삼진으로 돌려세우고 있는데요.

―메츠의 하위 타선이 그리 강하지 않은 만큼 삼진 기록도 더 늘어날 것 같습니다.

양키즈 중계진은 한정훈이 연속 타자 탈삼진 기록을 이어 가 줄 것이라 기대했다. 그리고 한정훈은 그 기대를 저버리지 않았다.

"스트라이크, 아웃!"

"스트라이크, 아웃!"

한정훈은 7번 타자 미카엘 컨포트와 8번 타자 트레이스 다노를 삼진으로 돌려세우며 연속 탈삼진 기록을 8개로 늘려 놓았다.

미카엘 컨포트와 트레이스 다노가 이를 악물고 타석에 들어섰지만, 한정훈의 빠른 공에 타이밍을 맞추지 못했다.

상황이 이렇게 되자 메츠 더그아웃도 소란스러워졌다. 예정대로 노아 선더가드를 타석에 내보내야 할지 아니면 대타를 기용해야 할지를 두고 의견이 갈린 것이다.

"노아는 조금 더 던질 수 있습니다."

"맞습니다. 벌써 불펜을 준비시키면 남은 시리즈가 어려워집니다."

투수 코치인 댄 윌슨과 로이 폴이 한목소리로 말했다.

3점을 내주긴 했지만, 노아 선더가드의 투구 수는 고작 46

구밖에 되지 않았다. 게다가 삼진을 6개나 잡아냈다. 4회 초
양키즈의 공격이 하위 타선으로 이어지는 만큼 최소 5회까지
는 노아 선더가드에게 마운드를 맡겨도 충분해 보였다.

　그러나 타격 코치들의 생각은 달랐다.

　"여기서 흐름을 끊어야 합니다. 노아 선더가드마저 삼진
을 당한다면 타자들의 부담이 커질 겁니다."

　"제 생각도 같습니다, 감독님. 대타를 쓰세요. 2사 이후지
만 어떻게든 분위기를 반전시켜야 합니다."

　캐인 롱 코치와 마크 앤서니 코치는 한정훈의 호투가 타자
들의 부담으로 이어지는 걸 원치 않았다. 불펜 투수를 아끼
겠다고 흐름을 내주면 오늘 경기의 승산은 완전히 사라지고
말 것이라고 목소리를 높였다.

　"후우……."

　엇갈리는 코치들의 의견 속에서 테리 컬린스 감독은 한숨
만 내쉬었다. 그사이 투수 노아 선더가드가 잠깐 기다리라는
지시를 어기고 타석으로 들어가 버렸다.

　"어쩔 수 없습니다. 이번 타석은 노아에게 맡기시죠."

　딕 스톤 불펜 코치가 상황을 정리했다. 노아 선더가드가
이미 타격 채비를 마쳤는데 여기서 에이스에게 망신을 줄 수
는 없는 노릇이었다.

　"일단 가지."

테리 컬링스 감독도 마지못해 고개를 끄덕거렸다. 그러면서 노아 선더가드에게 무리한 타격은 하지 말라고 지시했다.

하지만 에이스의 책임감에 짓눌려 있던 노아 선더가드는 팀 투펠 3루 코치의 사인을 흘려버렸다. 그리고 한정훈의 초구가 한복판으로 들어오자 기다렸다는 듯이 방망이를 휘둘렀다.

퍼엉!

방망이가 채 홈 플레이트를 스쳐 지나기도 전에 묵직한 포구음이 울려 퍼졌다. 동시에 노아 선더가드의 얼굴이 와락 일그러졌다.

노아 선더가드가 투수치고는 곧잘 안타를 때려낸다는 평가를 받고 있었지만 지금 공은 빨라도 너무 빨랐다.

'지난 타석의 앙갚음이라도 하겠다는 거야?'

노아 선더가드가 신경질적으로 전광판을 올려다봤다. 한정훈이 지난 타석 때 3구 삼진을 먹은 걸 복수하듯 최고 구속 104mile/h(≒167.3㎞/h)의 포심 패스트볼을 꽂아 넣은 것이라고 여겼다.

그러나 전광판에 찍힌 숫자는 노아 선더가드의 예상과는 전혀 달랐다.

99mile/h(≒159.3㎞/h).

투수인 노아 선더가드를 충분히 배려(?)한 구속이었다.

"젠장할!"

노아 선더가드가 입술을 질근 깨물었다. 전광판에 찍힌 숫자가 정말이라면 자신이 한정훈을 상대로 3구째 내던졌던 100마일의 포심 패스트볼보다 느린 공에 헛스윙한 꼴이었다.

"어디, 자신 있으면 또 던져 봐!"

노아 선더가드는 독이 바짝 올랐다. 그래서 2구째 한복판으로 체인지업이 날아들자 주저하지 않고 방망이를 휘둘렀다.

따악!

포심 패스트볼을 노린 방망이에 요행히도 공이 걸려들었다. 하지만 정확하게 방망이 중심에 맞추지는 못했다.

탕! 팍!

방망이의 밑 부분을 맞고 홈 플레이트를 때린 공이 그대로 노아 선더가드의 무릎으로 날아들었다. 뒤이어 노아 선더가드의 입에서 비명이 터져 나왔다.

"크아악!"

노아 선더가드가 방망이를 내던진 채 그 자리에 주저앉았다. 아담 앤더슨이 다가가 손을 내밀었지만, 노아 선더가드는 좀처럼 몸을 일으키지 못했다.

"의료진!"

노아 선더가드의 표정이 심상치 않자 구심이 메츠 더그아웃 쪽으로 신호를 보냈다. 그렇게 노아 선더가드는 들것에 실려 그라운드를 빠져나가고 말았다.

　"한정훈! 이 개자식아!"

　"노아에게 무슨 짓을 한 거야!"

　노아 선더가드가 타구에 맞고 쓰러진 걸 알면서도 메츠 팬들은 한정훈에게 야유를 쏟아냈다. 가뜩이나 경기에서 지고 있는 상황에서 에이스마저 잃었으니 억눌렀던 분노가 폭발한 것이다.

　보다 못한 조지 지라디 감독이 달려 나와 성난 메츠 팬들로부터 한정훈을 보호하려 했다. 하지만 정작 한정훈의 표정은 더없이 담담했다. 한국에서 뛸 때 빈볼이 나올 때마다 쏟아지던 야유와 비교하면 메츠 팬들의 반응은 귀여운 수준이었다.

　"정말 괜찮은 거야?"

　"안 괜찮을 게 있나요?"

　"그렇다면 다행이고."

　조지 지라디 감독이 한결 밝아진 얼굴로 더그아웃으로 돌아갔다. 그사이 노아 선더가드를 대신해 대타 브레드 니모가 타석에 들어섰다.

　"조심해. 저 녀석 힘이 장사야."

1루수 그린 버드가 노파심에 소리쳤다. 하지만 한정훈은 보란 듯이 한복판에 포심 패스트볼을 집어넣으며 어수선했던 이닝을 끝마쳤다.

－한정훈! 9타자 연속 삼진을 잡아냅니다!

－대단한 기록이긴 하지만 놀랍지는 않습니다. 한국에서도 14타자를 연속 삼진으로 잡아낸 적이 있으니까요?

－와우! 몇 명이라고요?

－믿기 어렵겠지만 14명입니다.

－그러니까 5이닝 가까이 타자들을 전부 삼진으로 잡아냈단 말인가요?

－더 놀라운 건 그것도 경기 후반에 작성했다는 점입니다. 4회부터 9회 마지막 타자까지 이어진 기록이니까요.

－그렇다면…… 한정훈의 4회와 5회를 기대해 봐도 될 거 같은데요?

－3회에 9명의 타자를 삼진으로 돌려세운 만큼 내친김에 한 경기 최다 탈삼진 기록도 갈아치웠으면 좋겠네요.

4회 초, 양키즈 타자들이 바뀐 투수 가브리엘 노아를 상대로 3점을 더 뽑아주자 한정훈도 더욱 힘을 냈다.

"스트라이크 아웃!"

초구부터 번트를 대려 들었던 1번 타자 윌슨 헤레라는 3구째 바깥쪽으로 흘러나가는 변종 체인지업을 참지 못하고 헛스윙 삼진으로 물러났다.

2번 타자 후안 가레스도 마찬가지. 초구 스트라이크를 지켜본 뒤 2구째 기습 번트를 대며 흐름을 깨고자 노력했지만 3구째 한정훈의 하이 패스트볼에 방망이가 딸려 나가는 걸 참아내지 못했다.

뒤이어 타석에 들어선 3번 타자 마이크 콘포토도 적극적으로 방망이를 휘둘렀다. 안타를 때려내기 어렵다면 삼진을 당하기 전에 먼저 범타로 물러나 버릴 생각이었다.

그러나 한정훈의 기록 갱신을 누구보다 바라는 아담 앤더슨의 영리한 리드에 마이크 콘포토 역시 삼진의 운명을 피하지 못했다.

-한정훈! 또다시 3구 삼진입니다! 정말 경이로운 피칭이 아닐 수 없습니다!

-하아, 정말 말이 안 나오네요. 벌써 12타자 연속 삼진인데요.

-이미 구단 최고 기록은 갱신한 상태인데 본인의 최고 기록까지 갈아치울 수 있을지 지켜보겠습니다.

한정훈의 연속 타자 삼진 기록이 늘어날수록 양키즈 중계진은 흥분을 감추지 못했다. 반면 메츠 중계진은 말 한마디조차 함부로 내뱉을 수 없는 답답함에 빠져들었다.

－이번 이닝에서도 메츠 타자들은 한정훈의 기록 행진을 막아내지 못했습니다.

－점수 차이가 상당히 벌어진 만큼…… 테리 컬링스 감독이 대타 카드를 적극적으로 활용할 필요가 있을 것 같습니다.

한정훈의 호투에 신이 난 양키즈 타자들은 5회에도 연속 안타를 때려내며 추가점을 올렸다. 메츠가 두 명의 불펜 투수를 올리며 양키즈 타자들의 기세를 꺾으려 했지만 제대로 타오른 양키즈 타선은 좀처럼 식을 줄을 몰랐다.

그렇게 6 대 0이던 점수가 11 대 0까지 벌어졌다. 그리고 메츠의 5회 말 반격이 시작됐다.

선두 타자는 4번 타자 데이비드 본즈.

현실적으로 한정훈의 공을 때려낼 확률이 가장 높은 타자였다.

'어떻게든 이 흐름을 끊어야 해.'

타석에 들어선 데이비드 본즈도 방망이를 단단히 움켜쥐

었다. 팀의 4번 타자에 선두 타자로 나온 만큼 점점 가중되는 이 부담감을 다음 타자들에게 넘기고 싶지 않았다.

'아무래도 단단히 벼르고 나온 모양인데.'

데이비드 본즈의 결연함을 읽은 아담 앤더슨은 초구에 바깥쪽 포심 패스트볼을 요구했다.

다를 때 같았다면 역으로 몸 쪽에 한 번 붙여봤겠지만, 연속 타자 탈삼진 기록이 걸려 있는 지금은 상황이 달랐다. 코치로부터 한정훈이 한국에서 14타자 연속 탈삼진 기록을 세웠다는 사실을 전해 들은 이상 최소한 타이기록을 작성하는 게 목표였다.

"그렇게까지 안 챙겨줘도 되는데."

아담 앤더슨의 사인을 확인한 한정훈이 피식 웃었다. 자신보다 더 자신의 기록들을 챙기려 드는 아담 앤더스를 보니 포수 하나는 잘 만났다는 생각이 들었다.

"뭐 바깥쪽도 나쁜 판단은 아니니까."

한정훈은 이내 고개를 끄덕거렸다. 데이비드 본즈를 상대로 염두에 두었던 세 개의 초구 중에 아담 앤더슨의 사인이 포함되어 있었다.

자신의 탈삼진 기록을 돕기 위해 도망치는 피칭을 요구했다면 단호히 고개를 저었겠지만, 아담 앤더슨의 볼 배합은 팀의 승리라는 절대적인 원칙에서 벗어나지 않고 있었다.

"후우……."

천천히 숨을 고른 뒤 한정훈이 힘차게 투수판을 박차고 나갔다. 그리고 아담 앤더슨의 미트를 향해 정확하게 공을 내던졌다.

후아앗!

한정훈의 손끝을 빠져나간 공은 구심의 바깥쪽 스트라이크존을 통과해 아담 앤더슨의 미트 속에 파묻혔다. 살짝 아슬아슬한 느낌이었지만 구심은 오랜 망설임 없이 오른팔을 들어 올렸다.

그러자 데이비드 본즈가 구심을 향해 고개를 돌렸다.

"정말 스트라이크입니까?"

"그래."

"정말입니까?"

"그렇다니까."

"후우…… 알겠습니다."

공략하기에는 너무나 아득해 보였던 바깥쪽 공이 스트라이크로 인정되자 데이비드 본즈의 표정이 어두워졌다. 지금의 타격 위치에서 또다시 바깥쪽 꽉 찬 공이 들어온다면 걷어내는 것조차도 쉽지 않을 것 같았다.

그렇다고 무작정 타격 위치를 홈 플레이트 쪽으로 옮기는 것도 간단치 않았다. 한정훈은 메이저리그에서 몸 쪽 공을 가장 잘 던지는 투수 중 한 명이었다. 홈 플레이트에 붙어 선다고 해서 몸 쪽 공을 주저하는 투수들과는 수준이 달랐다.

바깥쪽 공에 대처하기 위해 홈 플레이트에 붙는다면 한정훈의 공은 주저 없이 몸 쪽을 파고들 것이다. 그렇다고 바깥쪽 코스를 버리고 몸 쪽에 집착한다면 한정훈은 철저히 바깥쪽을 노려 삼진을 챙겨갈 것이다.

"후우……."

한참을 고심하던 데이비드 본즈는 기존의 타석 위치를 유지하기로 마음먹었다. 만약 데이비드 본즈에게 몸 쪽에 바짝 붙는 빠른 공을 걷어낼 만한 기술이 있다면 큰 고민 없이 바깥쪽 공에 대응했겠지만 애석하게도 데이비드 본즈의 타격은 아직 다 영글지 않은 상태였다.

'몸 쪽이 들어오길 기다리나 본데 어림없지.'

데이비드 본즈를 쓱 훑어본 아담 앤더슨이 2구째 역시 바깥쪽 사인을 냈다.

구종은 백도어성 투심 패스트볼.

바깥쪽을 간과했다간 어떻게 되는지 데이비드 본즈에게 똑똑히 보여줄 생각이었다.

아담 앤더슨의 속내를 읽은 한정훈도 고개를 끄덕였다. 탈삼진 욕심을 떠나 몸 쪽 공이 들어오기만을 기다리고 있는 데이비드 본즈에게 굳이 몸 쪽 공을 던지는 친절을 베풀 이

유는 없었다.

후아앗!

한정훈이 내던진 공이 또다시 홈 플레이트 바깥쪽으로 향했다. 데이비드 본즈가 움찔하고 반응했지만, 스트라이크존을 완전히 벗어날 듯 굴다가 마지막 순간에 홈 플레이트를 파고드는 백도어성 투심 패스트볼을 공략할 준비가 되어 있지 않았다.

퍼엉!

묵직한 포구음과 함께 구심이 또다시 팔을 들어 올렸다. 그렇게 두 번째 스트라이크 불이 들어왔다.

"빌어먹을."

데이비드 본즈의 입에서 절로 욕지거리가 튀어나왔다. 자신이 선택한 결과이긴 했지만, 아무것도 해보지 못한 채 투스트라이크에 몰렸다는 사실이 그저 억울하기만 했다.

그러면서도 데이비드 본즈는 마지막까지 자신의 타격 스타일을 고수했다. 그렇게 하면 한정훈이 하나쯤 몸 쪽 공을 던져 줄 것이라 기대라도 하는 것처럼 말이다.

그러나 한정훈의 3구는 냉정했다.

퍼엉!

순식간에 홈 플레이트를 스쳐 지난 공이 아담 앤더슨의 미트 속에 파묻혔다. 데이비드 본즈가 다급히 구심을 바라보며 도움을 청했지만 구심은 단호하게 삼진을 외쳤다.

-데이비드 본즈, 공 3개를 연달아 지켜보기만 합니다.

-하아, 정말 답답하네요. 자신이 4번 타자라는 사실을 자각했다면 조금 더 공격적으로 방망이를 휘둘렀을 텐데요.

메츠 중계진은 답답함을 감추지 못했다. 한정훈의 칭찬만으로도 시간이 부족하다는 양키즈 중계진도 데이비드 본즈의 소극적인 타격을 질타했다.

-데이비드 본즈, 한정훈의 바깥쪽 공에 전혀 대응하지 못한 모습입니다.

-솔직히 저건 아니죠. 메츠의 4번 타자답지 않은 타석이었습니다.

-그런데 데이비드 본즈가 바깥쪽 공에 대처하지 못한 게 아니라 안 한 것 같은 느낌이 드는데요.

-그게 맞을 겁니다. 몸 쪽 공을 노렸고 몸 쪽 공이 들어오길 바란 것이겠죠. 우완 투수를 상대로 몸 쪽 공에 강했으니까요.

-하지만 한정훈은 3구 연속으로 바깥쪽으로만 공을 던졌습니다.

─당연한 결과입니다. 한정훈이 에이스라고 해서 매번 불필요하게 승부를 걸 필요는 없다고 봅니다. 오히려 에이스로서 오랜 이닝을 소화해 내기 위해서는 타자들의 약점을 적극적으로 파고들 필요가 있습니다.

　양키즈 중계진의 쓴소리를 들은 것일까. 데이비드 본즈에 이어 타석에 들어선 5번 타자 루카스 두라는 한정훈의 초구와 2구를 전부 걷어내며 중심 타자로서의 존재감을 과시했다. 오죽했으면 아담 앤더슨이 3구째 바깥쪽으로 빠져나가는 보여주기식 공을 요구할 정도였다.

　하지만 한정훈은 단호하게 고개를 저었다. 투 스트라이크를 잡은 상황에서 굳이 루카스 두라에게 숨 돌릴 여유를 줄 필요는 없다고 여겼다.

　게다가 루카스 두라의 노림수도 훤히 보였다. 초구와 2구, 연달아 던진 포심 패스트볼에 반응하는 것으로 봐서는 변화구를 버리고 패스트볼 하나에만 초점을 맞춘 게 틀림없었다.

　'승부를 보자는 소리인데…….'

　한정훈의 표정을 읽은 아담 앤더슨이 연속해서 세 개의 사인을 냈다. 잠시 후 한정훈이 글러브를 세 번 까닥거렸다. 그리고는 있는 힘껏 공을 내던졌다.

　'온다!'

한정훈이 투구 동작에 들어가기가 무섭게 루카스 두라는 타격을 준비했다.

목표는 단 하나. 몸 쪽으로 들어오는 포심 패스트볼이었다.

만약 포심 패스트볼이 몸 쪽이 아니라 바깥쪽 스트라이크 존으로 공이 들어오면 걷어낼 생각이었다. 만약 포심 패스트볼이 아니라 체인지업이 들어와도 어떻게든 타이밍을 늦춰서 걷어낼 생각이었다.

그렇게 걷어내고 걷어내다 보면 한정훈이 자신이 원하는 몸 쪽 포심 패스트볼을 던져 주리라 여겼다. 하지만 애석하게도 한정훈의 선택은 아담 앤더슨이 혹시나 해서 요구했던 너클 커브였다.

'젠장할!'

공의 정체를 알아챈 루카스 두라의 얼굴이 와락 일그러졌다. 체인지업까지는 어떻게든 맞춰보겠는데 그보다 훨씬 느린 너클 커브는 도저히 감당이 되질 않았다.

'제발 맞아라! 맞아라!'

공이 오기도 전에 허리가 돌아가자 루카스 두라가 임기응변으로 왼손을 놓아버렸다. 그러자 오른손에 들린 방망이가 정상 스윙 궤적을 이탈했다. 그 과정에서 고꾸라지던 공의 윗부분을 건드렸다.

팟!

방망이 끝에 걸린 공이 아담 앤더슨의 마스크를 때리고 뒤로 튕겨 나갔다. 동시에 구심이 양팔을 벌려 파울을 선언했다.

"후우……."

루카스 두라가 안도의 한숨을 내쉬었다. 마지막 순간에 왼손을 떼어내지 않았다면 정말로 허무하게 연속 타자 탈삼진 기록의 제물이 되었을지 몰랐다.

─루카스 두라, 베테랑의 집중력을 보여줍니다.

─저렇게 버티다 보면 한정훈도 흔들릴 수밖에 없을 겁니다.

메츠 중계진도 3연속 파울을 만들어 낸 루카스 두라의 투혼에 감탄을 금치 못했다. 하지만 그것도 잠시.

퍼엉!

한정훈의 4구가 몸 쪽 꽉 차게 들어오자 메츠 중계진은 또다시 깊은 침묵에 빠져들었다.

─한정훈! 14타자 연속 탈삼진입니다!

─한국에서의 기록과 타이를 이루었는데요.

─한 타자만 더 잡아내면 본인이 세웠던 기록을 갱신하게 됩니다.

양키즈 중계진도 애써 차분함을 유지했다. 괜히 흥분했다가 한정훈의 대기록 달성에 초를 칠까 봐 조심했다.

'이제 한 타자만 더 잡아내면 최고 기록이야.'

아담 앤더슨도 평소보다 길게 호흡을 골랐다. 그러다 구심에게 한소리를 듣고서야 부랴부랴 한정훈에게 사인을 냈다.

'몸 쪽 투심.'

사인을 확인한 한정훈이 투수판을 박차며 공을 내던졌다.

퍼엉!

미카엘 컨포트의 몸 쪽으로 날아들던 공이 마지막 순간에 방향을 바꿔 홈 플레이트를 스쳐 지났다.

"윽!"

다소 과장되게 공을 피했던 미카엘 컨포트가 냉큼 구심을 돌아봤다. 포구 위치상 구심이 스트라이크를 선언할지도 모른다는 불안함이 든 것이다.

아니나 다를까.

"스트라이크."

구심이 가볍게 오른팔을 들어 올렸다.

"미치겠네."

미카엘 컨포트가 들으라는 듯 '불만을 터뜨렸지만 구심의 판정은 달라지지 않았다.

"후우……."

타석 밖에서 한참을 서성이던 미카엘 컨포트는 처음보다 반 발자국 뒤에 자리를 잡았다. 한정훈에게 부담을 주기 위해 홈 플레이트에 바짝 붙어서 봐야 아무런 효과가 없다는 걸 빨리 인정한 것이다.

'포수 녀석이 눈치가 빠르니까 분명 바깥쪽을 노리겠지.'

방망이를 들어 올리며 미카엘 컨포트는 바깥쪽 코스에 신경을 집중했다. 홈 플레이트에서 반 발 물러서긴 했지만 팔이 긴 만큼 어지간한 바깥쪽 코스는 충분히 건드릴 자신이 있었다.

'꼭 안타가 아니어도 좋아. 땅볼이라도 좋으니까 이 흐름을 깨뜨리자.'

미카엘 컨포트가 입술을 꽉 깨물었다. 그 순간 한정훈이 2구를 내던졌다.

후아앗!

바람 소리와 함께 공이 날아들자 미카엘 컨포트의 표정이 굳어졌다. 이번에는 바깥쪽일 것이라 여겼는데 정작 공은 또다시 몸 쪽을 파고들고 있었다.

"젠장할!"

미카엘 컨포트가 마지못해 방망이를 휘둘렀다. 하지만 공은 방망이보다 한참 먼저 홈 플레이트를 스쳐 지나가 버렸다.

투 스트라이크 노 볼.

투수에게 절대적으로 유리한 볼카운트 속에서 미카엘 컨포트는 힘겹게 타석에 올랐다. 순간 기습 번트라도 시도해 볼까라는 생각이 들었지만 이내 머릿속에서 지웠다. 경기 중에 번트를 댄 적이 손에 꼽힐 정도인데 한정훈을 상대로 그 수가 통할 것 같지 않았다.

아담 앤더슨과 사인을 교환한 뒤 한정훈은 곧바로 승부를 걸었다.

후아앗!

한정훈의 손끝을 빠져나온 공은 공교롭게도 홈 플레이트 바깥쪽을 향해 날아왔다. 미카엘 컨포트가 초구와 2구째 그토록 기다렸던 그 코스로 말이다.

그러나 정작 미카엘 컨포트는 방망이를 내밀지 못했다. 갈팡질팡하는 마음이 그의 방망이를 무겁게 만들어버린 것이다.

"스트라이크, 아웃!"

3구가 스트라이크존에 걸쳤다고 판단한 구심이 곧바로 삼진을 선언했다. 그렇게 한정훈이 보유하고 있던 14타자 연속 탈삼진 기록이 15타자 연속 탈삼진으로 갱신되었다.

100장
뉴욕의 주인 (2)

5회 말 메츠의 공격이 끝나기가 무섭게 시디 필드가 폭발했다.

"젠장할! 대체 뭘 하는 거야!"

"이 멍청이들아! 뭐라도 좀 해보라고!"

"내가 이런 꼴을 보려고 시즌 티켓을 끊은 줄 알아!"

"정말 짜증 나서 못 보겠네. 이 형편없는 팀이 내가 사랑하는 메츠가 맞긴 한 거야?"

한정훈이 1번 타자 윌슨 헤레라에게 두 번째 삼진을 잡아낼 때만 하더라도 메츠 팬들은 지금처럼 분노하지 않았다. 물론 대부분의 팬이 짜증을 감추지 못했지만 양키즈의 에이스인 한정훈이 마운드에 올라온 만큼 그럴 수도 있다고 여겼다.

한정훈은 현재 메이저리그를 통틀어 가장 많은 삼진을 잡아내고 있었다.

한 경기에서 19개의 탈삼진을 잡아낸 게 두 번이고 교통사고 후유증으로 고생했던 레인저스 원정을 제외하고 모든 경기에서 두 자릿수 탈삼진을 기록하고 있었다.

그 탈삼진 본능이 메츠전에서 잠잠해지길 바라는 건 욕심이었다.

한정훈이 2번 타자 후안 가레스를 삼진으로 잡아내고 토미 시버가 가지고 있던 메이저리그 기록을 갱신했을 때 일부 매너 좋은 메츠 팬들은 박수를 보내기도 했다. 물론 그 이면에는 메츠의 중심 타자들이 한정훈의 연속 타자 탈삼진 기록을 중단시켜 줄 것이라는 희망이 깔려 있었다.

내셔널리그에서도 상위권에 드는 중심 타순이라면 팀이 한정훈에게 농락당하는 걸 더는 두고 보지 않을 것이라고 굳게 믿은 것이다.

하지만 애석하게도 그 믿음은 실망을 넘어 분노로 바뀌었다. 당연하게도 메츠 팬들은 더 이상의 졸전을 용납할 수가 없는 상태에 이르렀다.

"팬들의 분위기가 심상치 않습니다."

보다 못한 딕 스톤 벤치 코치가 불안한 얼굴로 테리 컬링스 감독에게 다가왔다. 다른 팀도 아니고 연고지 라이벌인 양키즈와의 홈경기에서 시즌 최악의 경기력을 보여주고 있었다. 이대로 가다가 팬들이 폭동이라도 일으킬까 봐 걱정이었다.

"후우……."

테리 컬링스 감독도 무겁게 한숨을 내쉬었다. 그 역시도 뭔가 분위기를 바꾸고 싶었지만 11 대 0으로 뒤처진 상황이라 적당한 수가 떠오르질 않았다.

그때였다. 테리 컬링스 감독의 눈에 대기 타석으로 들어오는 한정훈이 들어왔다.

"한정훈이 오늘 몇 번째 타석이지?"

"이제 네 번째입니다."

"11 대 0인데 바뀔 가능성은 없을까?"

"저도 그랬으면 좋겠지만 이제 6회 초니까요."

"그럼…… 우리가 바뀌게 하면 어떨까?"

테리 컬링스 감독이 딕 스톤 코치를 바라봤다. 그러자 딕 스톤 코치가 주변을 두리번거리더니 목소리를 낮췄다.

"진심이십니까?"

"팬들의 분위기가 심상치 않다며?"

"그래도……."

"뭐라도 하긴 해야겠는데 딱히 할 만한 게 없잖아. 안 그래?"

"그렇긴 하지만……."

"그럼 뭐든 해보자고. 혹시 알아? 다음 이닝부터 저 녀석을 안 보게 될지?"

테리 컬링스 감독의 시선이 다시 그라운드 쪽으로 향했다. 때마침 선두 타자 로비 래프스나이더가 유격수 땅볼로 물러나고 한정훈의 차례가 돌아오려 하고 있었다.

"투수 교체야."

테리 컬링스 감독이 한마디를 내뱉고는 마운드 위로 올라갔다.

"알겠습니다."

딕 스톤 코치도 이내 고개를 주억거렸다. 그리고는 불펜에 연락해 페드로 라모스를 올려보내라고 지시했다.

잠시 후, 불펜 문이 열리면서 잔뜩 긴장한 얼굴의 투수 한 명이 모습을 드러냈다.

─메츠가…… 한정훈 타석 때 투수를 바꾸는데요?

─흠, 이해가 되지 않는 투수 교체입니다. 아크 모리스의 투구 수는 7개밖에 되지 않았거든요.

─11점 차이가 나는 상황에서 남은 경기를 생각한다면 불펜 소모를 최소화해야 할 텐데요.

─테리 컬링스 감독의 의도가 짐작조차 되지 않네요.

양키즈 중계진은 갑작스러운 투수 교체에 의심을 거두지 않았다. 대놓고 말을 하진 않았지만, 정상적인 투수 교체는 아닐 것이라고 확신하는 듯했다.

반면 메츠 중계진은 충분히 가능한 투수 교체라며 컬링스 감독의 결단에 힘을 실어주었다.

-페드로 라모스, 올스타 브레이크 이후에 합류한 신인 투수입니다.

-지난 두 경기에서는 썩 좋은 모습을 보여주지 못했는데요.

-아무래도 타이트한 상황에서 등판하다 보니 심적인 압박을 이겨내지 못했다고 생각됩니다. 하지만 오늘은 다르겠죠. 지난 시리즈에 등판이 없었으니 체력적인 문제도 없을 테고요.

-긴 이닝을 소화할 체력을 갖춘 선수니까요. 불펜에게 휴식을 주면서 아울러 신인에게 경험을 쌓게 해주려는 테리 컬링스 감독의 결정이 나쁘지 않아 보입니다.

양 팀 중계진의 의견이 엇갈린 가운데 한정훈이 타석에 들어섰다. 앞선 타석들처럼 한정훈은 배터 박스 한가운데 자리를 잡고 형식적으로 방망이를 들어 올렸다. 3구 삼진을 먹을 각오로 말이다.

그런데.

후아앗!

페드로 라모스가 내던진 공은 스트라이크존을 한참 벗어나 한정훈의 얼굴 쪽으로 날아들었다.

"윽!"

한정훈이 다급히 그 자리에 주저앉았다. 타자들 같았다면 고개를 돌리는 식으로 피했겠지만, 타석에서의 경험이 부족한 한정훈은 요란스럽게 제 몸을 보호할 수밖에 없었다.

"저 자식 뭐야?"

"지금 일부러 던진 거지? 그렇지?"

생각지도 못했던 빈볼성 공에 양키즈 더그아웃이 들썩거렸다. 공의 궤적 상 한정훈이 맞지 않았을지는 몰라도 타격 의지가 없는 투수를 상대로 저런 공을 던져 대는 건 예의가 아니었다.

그러나 한정훈은 엉덩이를 툭툭 털고 자리에서 일어났다. 그리고 아무렇지 않은 얼굴로 다시 본래 섰던 위치에 두 발을 고정시켰다.

자신을 흔들어 보겠다는 메츠의 의도가 뻔히 보이는데 여기서 겁을 먹고 도망칠 수는 없는 노릇이었다.

그런 한정훈을 향해 페드로 라모스는 2구째도 무릎을 파고드는 빈볼성 공을 내던졌다.

"윽!"

한정훈은 다급히 뒷걸음질을 치며 공을 피했다. 포구 지점은 생각했던 것만큼 깊지 않았지만, 상대가 좌완 투수이다 보니 아무래도 몸에 맞을지도 모른다는 불안함을 떨쳐내기 어려웠다.

그러자 보다 못한 조지 지라디 감독이 타임을 불렀다. 그리고 한정훈에게 다가가 말했다.

"정훈, 괜찮으니까 타석 끝에 서."

"타석 끝에요?"

"그래, 에이스로서 오늘 경기를 책임져 달라고. 타석이 아니라 마운드에서 말이야."

조지 지라디 감독은 한정훈의 자존심을 건드리지 않는 선에서 타격을 포기시켰다. 한정훈도 고집부리지 않고 타석의 가장 바깥쪽으로 몸을 피했다.

"뭐야, 저게?"

"저 녀석, 방망이는 제대로 들고 있는 거야?"

메츠 팬들은 기다렸다는 듯이 조롱을 쏟아냈다. 메츠 중계진도 역사상 가장 겁 많은 투수라며 한정훈을 비웃었다.

"이 정도면 되겠지."

위협구에 놀라 도망친 한정훈을 바라보며 페드로 라모스

도 안도의 한숨을 내쉬었다. 내심 한정훈이 고집을 부리면 어쩌나 걱정했는데 다행히도 먼저 꼬리를 내려줘서 마음이 한결 가벼워졌다.

페드로 라모스는 3구와 4구, 5구째 한복판 포심 패스트볼을 던져 한정훈을 삼진으로 돌려세웠다. 비록 타격은 포기했지만, 한정훈은 마지막 심판의 판정까지 지켜본 뒤 더그아웃으로 몸을 돌렸다.

"잘했어, 정훈."

"저런 비열한 작전에 휘둘리지 마. 넌 누가 뭐래도 메이저리그 최고의 투수니까."

양키즈 선수들은 앞다투어 한정훈을 다독였다. 혹시라도 한정훈이 메츠의 의도대로 평정심을 잃을까 봐 걱정한 것이다.

하지만 한정훈은 대수롭지 않은 얼굴로 다음 이닝을 준비했다. 메츠의 위협구에 짜증이 나긴 했지만 그렇다고 메츠의 바람대로 감정적으로 굴고 싶진 않았다.

"브라이언! 하나 때려!"

"더러운 메츠 놈들을 박살 내라고!"

속으로 분을 삭인 한정훈을 대신해 양키즈 타자들이 활활 타올랐다. 2사 이후에만 연속 5안타를 몰아치며 3득점. 한정훈에게 겁도 없이 위협구를 던졌던 페드로 라모스를 강판시켜 버렸다.

11 대 0이던 점수가 14 대 0까지 벌어졌다. 하지만 한정훈은 타자들의 복수가 썩 달갑지가 않았다.

"젠장, 다음 이닝에 또 타석에 들어서야 한다니."

7회 초 양키즈의 공격이 7번 타자부터 시작하기 때문에 한정훈은 무조건 타석에 들어설 수밖에 없었다. 그렇다고 조지 지라디 감독에게 강판을 자처할 수는 없는 노릇이었다. 만약 그랬다간 다른 내셔널리그 팀들도 비슷한 방법으로 괴롭히려 들 게 뻔했다.

"그래. 즐기자, 즐겨. 대신 마운드 위에서 확실히 보여주면 돼."

한정훈은 애써 마음을 다잡았다. 그러나 메츠는 여기서 한정훈 흔들기를 멈출 생각이 없었다.

"대타를 써."

"누구를 내보낼까요?"

"후안 몬타로가 좋겠군."

"알겠습니다."

테리 컬링스 감독의 한마디에 방망이를 들었던 포수 트레이스 다노가 더그아웃으로 물러났다. 그리고 대타 후안 몬타로가 타석에 들어왔다.

-메츠가 트레이스 다노를 빼는데요.

-흠, 많은 점수를 내준 것에 대한 책임을 묻는 것이라면 교체 시점이 너무 늦었는데요.

-페드로 라모스를 올린 것처럼 왠지 또 다른 꿍꿍이가 숨겨져 있는 게 아닌가 싶습니다.

-그래도 한정훈 선수가 마운드 위에 있는 만큼 위협구가 날아올 일은 없을 것 같습니다.

양키즈 중계진은 테리 컬링스 감독이 아무런 이유 없이 후안 몬타로를 대타로 세우지는 않았을 것이라고 입을 모았다. 조지 지라디 감독도 직접 사인을 내며 후안 몬타로를 신경 쓰라고 주문했다.

'십중팔구 번트겠지.'

아담 앤더슨은 주력이 좋은 후안 몬타로가 한정훈의 연속 타자 탈삼진 행진을 끊기 위해 기습 번트를 시도할 것이라고 확신했다. 그래서 쉽게 번트를 대지 못하도록 몸 쪽 하이 패스트볼을 요구했다.

하지만 한정훈은 가볍게 고개를 저었다. 개인 최다인 15타자 연속 탈삼진을 달성한 만큼 더 이상 기록 갱신에 욕심을 부리고 싶지 않았다.

'호들갑 떨지 말자 이거지?'

한정훈의 속내를 읽은 아담 앤더슨은 바깥쪽 꽉 차게 들어오는 포심 패스트볼로 사인을 바꿨다. 한정훈도 그제야 가볍게 고개를 주억거렸다.

'대체 뭘 던질 생각이야? 혹시 위협구인가?'

홈 플레이트 쪽으로 바짝 붙어 서서 번트를 준비하던 후안 몬타로가 마른침을 꿀꺽 삼켰다. 여차하면 사사구라도 맞고 출루하라는 주문이 나오긴 했지만 그렇다고 빈볼을 얻어맞고 싶진 않았다.

그때였다.

후아앗!

한정훈의 손끝에서 새하얀 공이 튕겨 나왔다.

'바깥쪽!'

움찔하며 반사적으로 몸을 피하려 했던 후안 몬타로가 눈을 번뜩였다. 허공을 가르며 날아드는 공의 궤적이 홈 플레이트 바깥쪽에 걸쳐 들어올 것만 같았다.

'번트를 대야 해!'

후안 몬타로는 긴 팔을 활용해 방망이를 쭉 내밀었다. 애당초 맞추는 게 목적이었던 터라 굳이 정확하게 번트 타구를 만들려 하지 않았다.

따악!

방망이 끝부분이 걸린 타구가 포수 머리 위로 떠올랐다.

그러자 아담 앤더슨이 일부러 타구를 놓친 척 주변을 두리번 거렸다.

"까불지 말고 잡아!"

한정훈이 냉큼 마운드에서 뛰어 내려와 아담 앤더슨에게 소리쳤다. 습관처럼 한국어로 내뱉었지만, 아담 앤더슨은 움찔 놀라며 팔을 들었다. 그리고 추락하는 타구를 미트로 받아냈다.

"좋아, 잘했어!"

연속 타자 탈삼진 기록이 허무하게 깨졌지만, 한정훈은 아담 앤더슨을 향해 박수를 쳐 주었다.

"정말…… 괜찮은 거야?"

아담 앤더슨이 얼떨떨한 얼굴로 한정훈을 바라봤다. 한정훈의 다그침에 공을 잡긴 했는데 왠지 한정훈의 한국어를 잘못 알아들은 것 같은 생각이 든 것이다.

그러나 정작 한정훈은 씩 웃으며 엄지를 들어 보였다. 그리고는 아무렇지 않은 얼굴로 마운드로 돌아갔다.

"정훈, 괜찮은 거지?"

더그아웃의 사인을 받은 유격수 로비 래프스나이더가 다가와 어눌한 한국어로 물었다.

시디 필드에서 15타자를 연속 탈삼진으로 돌려세운 한정훈의 기록이 깨졌다고 마운드에 우르르 몰려들 수는 없으니 그나마 한국어가 가능한 로비 래프스나이더에게 한정훈의 감정 상태를 확인해 보라는 지시가 나온 것이다.

"괜찮아. 오히려 속이 후련해."

한정훈이 손에 묻은 로진 가루를 시원하게 불어내며 말했다. 농담이 아니라 마치 혼자만의 경기가 되어버린 경기 분위기가 부담스럽던 차였다.

한정훈은 조지 지라디 감독을 향해 괜찮다며 오케이 사인을 냈다. 그 모습이 중계 카메라를 통해 정확하게 포착됐다.

–한정훈, 연속 타자 탈삼진 기록이 깨졌지만, 신경 쓰지 않는 것 같습니다.

–역시 현명한 선수입니다. 욕심을 부리다가 경기를 망칠 수도 있다는 걸 누구보다 잘 알고 있습니다.

–그래도 솔직히 아쉽지 않을까요?

–하하. 아마 보통 선수들이었다면 오늘 같은 행운이 다시는 오지 않을 것이라며 어떻게든 기록을 늘려 가려 했겠죠. 하지만 한정훈은 보통 선수들과는 다르니까요.

–하기야 한국에서도 몇 차례 퍼펙트게임을 달성했죠?

–메이저리그에 와서도 퍼펙트게임과 노히트 노런을 한 번씩 해냈죠.

–그것도 데뷔 시즌에 말입니다.

－그러니 저런 여유가 나오는 겁니다. 열심히 하다 보면 기록은 자연스럽게 따라온다는 걸 이미 경험으로 체득했을 테니까요.

－하지만 아직 다른 선수들은 한정훈처럼 마음을 놓을 수 없을 것 같습니다.

－몇 가지 기록이 더 남아 있다는 말이죠?

－일단 캐리 우든과 랜디 제이슨 등 메이저리그 최고의 투수들이 세웠던 한 경기 최다 탈삼진 기록이 5개 남았습니다. 그리고 전광판을 보면 알겠지만, 아직 한정훈은 한 명도 내보내지도, 들여보내지도 않았습니다.

캐스터 마크 앨런의 말이 떨어지기가 무섭게 중계 카메라가 전광판을 비췄다. 한정훈의 연속 타자 탈삼진 기록이 깨지긴 했지만, 메츠의 득점과 안타, 사사구는 여전히 0으로 표기되어 있었다.

퍼펙트게임, 혹은 노히트 노런.

한정훈이 지금처럼 압도적인 피칭을 이어간다면 두 기록 중 하나는 충분히 달성이 가능한 상황이었다.

그래서일까.

"이제 아웃 카운트 두 개 남았어!

"다들 정신 차려!"

양키즈 내야수들은 서로서로 파이팅을 외치며 경기에 집중했다. 연속 타자 탈삼진 기록만큼이나 중요한 기록이 진행 중인데 잠깐 방심했다가 실수라도 나오면 큰일이었다.

하지만 한정훈은 양키즈 내야수들에게 실수할 기회조차 주지 않았다.

"스트라이크, 아웃!"

8번 타자 로벤 테하다를 삼진으로 돌려세운 데 이어.

따악!

대타 제레미 모리스의 기습 번트 타구가 머리 위로 날아오자 직접 잡아 아웃시켜 버렸다.

"진짜 미치겠군."

"저 녀석 인간이긴 한 거야? 어떻게 저럴 수가 있지?"

뭔가 경기 분위기가 달라지길 기대했던 메츠 팬들은 절망감에 사로잡혔다. 일부 팬들은 더 이상 볼 것도 없다며 서둘러 자리를 뜨기까지 했다.

"후우……."

"빨리 경기가 끝났으면 좋겠어."

메츠 선수들도 전의가 꺾인 지 오래였다. 점수라도 팽팽했다면 어떻게든 버텼겠지만 14 대 0으로 벌어진 경기에서 한정훈을 상대로 역전을 기대한다는 것 자체가 불가능해 보였다.

하지만 테리 컬링스 감독은 경기를 포기하지 못했다. 아니, 포기할 수가 없었다. 서브웨이 시리즈의 첫 경기에서 정말로 퍼펙트게임이라도 당해버린다면 그 여파가 남은 세 경기는 물론 메츠의 잔여 경기 전체에 미칠 게 뻔했기 때문이다.

"안 되겠어. 이번에는 고의사구로 출루시켜 버려."

내심 투수 교체를 기대했던 한정훈이 7회 초에 타석에 들어서자 테리 컬링스 감독이 또다시 독한 결정을 내렸다. 위협구 작전이 통하지 않으니 아예 한정훈을 출루시켜서 루상에서 괴롭히려 한 것이다.

"후우, 가지가지 하는군."

두 명의 타자를 잘 잡아냈던 투수가 갑자기 제구력 난조를 선보이면서 한정훈은 원치 않게 사사구를 얻어냈다. 하지만 1루 베이스에 묶여 있는 시간은 생각만큼 길지 않았다.

"스트라이크, 아웃!"

여섯 번째 타석에 들어선 브라이언 리는 연속해서 큼지막한 헛스윙을 펼치며 한정훈을 1루에서 구해냈다. 괜히 공을 때렸다가 한정훈에게 주루 플레이를 시키느니 혼자 죽는 편이 낫다고 판단한 것이다.

실로 터무니없는 삼진을 먹었지만 양키즈 동료들은 브라이언 리를 웃으며 반겼다. 자신의 타율까지 깎아 먹어가며 한정훈을 위하는 모습에 감동한 것이다.

"브라이언, 고맙다."

한정훈도 브라이언 리의 엉덩이를 툭 하고 때려주었다. 그러자 브라이언 리가 씩 웃으며 말했다.

"언제든지 내 도움이 필요하면 말해. 널 위해서라면 무엇이든 할 테니까."

다소 오해의 소지가 있는 발언이었지만 브라이언 리는 진지했다. 그건 다른 선수들도 마찬가지였다.

"자, 자! 이제 아홉 개 남았어!"

"점수는 잊어버려! 0 대 0이라고 생각하라고!"

누가 시키지도 않았지만, 야수들은 한데 모여 파이팅을 외쳤다. 에이스가 익숙지 않은 타석에서 고생하며 꿋꿋이 마운드를 지키는데 자신들도 가만있을 수 없다고 판단한 것이다.

덕분에 한정훈은 7회에 이어 8회에도 안타 없이 메츠 타선을 틀어막을 수 있었다.

한정훈의 퍼펙트 행진을 깨기 위해 메츠 타자들이 적극적으로 방망이를 휘둘렀지만, 그때마다 타구는 야수들의 글러브에 걸려들고 말았다.

8회 말까지 퍼펙트로 마친 한정훈은 9회 초 선두 타자로 다시 한 번 타석에 들어섰다. 몇몇 코치가 한정훈을 쉬게 해주는 게 어떻겠냐고 건의했지만 조지 지라디 감독은 단호하게 고개를 저었다.

"한정훈을 빼 줄 생각이었으면 진즉 교체했을 거야. 오늘 우리가 이 경기에서 승리한다면 그건 의심의 여지 없이 한정훈 덕분이야. 퍼펙트게임까지 아웃 카운트가 세 개 남아 있는데 여기서 한정훈의 영광을 가로챌 수는 없어."

조지 지라디 감독이 한정훈을 밀어붙이자 테리 컬링스 감독도 이내 고개를 흔들어버렸다. 마무리투수 제리스 파밀리아를 제외한 모든 불펜 투수들을 등판시킨 상황이라 더 이상은 꼼수를 부릴 만한 여유가 없었다.

결국 한정훈은 마지막 타석 때도 시원한 3구 삼진을 먹고 더그아웃으로 돌아왔다.

6타석 5타수 무안타 1사사구.

실로 형편없는 타격 성적이었지만 경기를 지켜보는 그 누구도 감히 한정훈을 비웃지 못했다.

한정훈의 죽음에 안도한 양키즈 타자들은 마지막으로 불방망이를 휘둘렀다. 1번 타자 브라이언 리부터 6번 타자 베리 가멜까지 여섯 타자가 연속 안타를 터뜨리며 지친 메츠 마운드를 두들겼다.

14점에 멈췄던 양키즈의 득점은 19점으로 늘어났다. 그 결과 시디 필드를 가득 메웠던 관중 중 절반이 경기를 포기하기에 이르렀다.

"나도 마음 같아선 안타를 때리고 싶지만, 자칫 잘못했다간 한정훈이 또다시 마운드에 오를 수 있으니까."

1사 1루 상황에서 타석에 들어선 7번 타자 아담 앤더슨은 투수의 초구를 건드려 유격수 앞 병살타로 물러났다. 이미 앞선 타석에서 두 개의 안타를 때려낸 터라 안타에 대한 미련을 떨쳐 낼 수 있었다.

그렇게 메츠 마운드를 초토화시킨 양키즈의 마지막 공격이 끝이 났다. 그리고 메츠의 마지막 공격이 이어졌다.

-한정훈, 두 가지 엄청난 기록을 눈앞에 두고 있습니다.

-탈삼진을 하나만 추가하면 최고의 선수들과 어깨를 나란히 할 수 있습니다. 그리고 하나를 더 추가한다면 그 선수들을 제치고 메이저리그 최고의 투수로 이름을 남기게 됩니다.

-쉽지 않겠지만 한정훈이 남은 세 타자를 전부 삼진으로 잡아냈으면 좋겠습니다.

-네, 저 역시 그러는 게 마음이 편할 것 같습니다.

한정훈이 마운드에 오르자 양키즈 중계진들은 심호흡에 들어갔다. 메츠 중계진은 아예 입을 다물었다. 마지막까지 한정훈을 깎아내리는 것 보다 차라리 기적을 바라며 침묵을 지키는 편이 낫다고 판단한 것이다.

메츠의 7번 타자는 케빈 플로우. 트레이스 다노의 뒤를 이어 홈 플레이트를 지킨 백업 포수였다.

케빈 플로우의 수비 능력은 트레이스 다노 못지않았지만, 공격력은 형편없는 수준이었다. 그래서 큰 점수 차이로 이기거나 반대로 크게 뒤지는 경기 후반에 주로 출전하고 있었다.

'몸 쪽 공에 약하다고 했지?'

케빈 플로우의 데이터를 전해 들은 아담 앤더슨은 초구에 몸 쪽 포심 패스트볼을 요구했다. 아직 103mile/h(≒165.7km/h)의 구속을 유지하고 있는 한정훈의 포심 패스트볼은 오늘 경기에서 단 한 번도 타자들의 방망이 중심에 걸린 적이 없을 만큼 무브먼트가 좋았다.

사인을 확인한 한정훈도 가볍게 고개를 끄덕였다. 그리고는 아담 앤더슨의 미트를 향해 힘껏 공을 내던졌다.

펑엉!

묵직한 포구음과 함께 케빈 플로우가 딱딱하게 굳어버렸다. 한정훈의 공이 빠르다는 건 알고 있었지만, 이 정도일 줄은 미처 예상하지 못한 얼굴이었다.

"살살 좀 해. 그만하면 됐잖아."

애써 정신을 차린 케빈 플로우가 아담 앤더슨에게 사정하듯 말했다. 안타는 바라지도 않으니 삼진만은 피하고 싶었다.

그러나 아담 앤더슨도 케빈 플로우의 사정을 봐줄 처지가
아니었다.

"만약 오늘 한정훈이 기록 달성에 실패하면 난 뉴욕에서
살 수가 없을 거야."

아담 앤더슨이 매정하게 잘라 말했다. 그리고는 바깥쪽 포
심 패스트볼과 몸 쪽 포심 패스트볼을 연달아 요구해 케빈
플로우를 삼진으로 잡아냈다.

－케빈 플로우, 삼진입니다.
－이로써 한정훈의 탈삼진 수가 20개가 되었습니다.

양키즈 중계진의 상기된 목소리가 마이크를 타고 울렸다.
여기서 탈삼진 행진이 멈춘다 하더라도 한 경기 최다 탈삼진
명단에 이름을 올리게 되겠지만 양키즈 중계진은 한정훈이
그 기록을 뛰어넘어주길 바랐다.

반면 메츠 중계진은 메츠가 한정훈의 대기록의 희생양이
되길 원치 않았다.

－로벤 테하다, 뭔가 보여줘야 합니다.
－이제 더는 물러설 곳이 없습니다.

메츠 중계진의 바람을 듣기라도 한 듯 로벤 테하다는 초구에 들어오는 바깥쪽 포심 패스트볼에 기습적으로 방망이를 가져다 대고 1루를 향해 미친 듯이 내달렸다. 앞선 두 타석에서 전부 삼진을 당한 터라 일반적인 볼 배합을 가져간 게 노림수로 이어진 것이다.

게다가 타구는 수비에서 약점을 보이는 3루수 제이크 햄튼 쪽으로 굴러갔다. 수비가 좋은 마르쿠스 키엘이 주루 플레이 도중 근육통을 호소한 비비 그레고리우스를 대신해 2루로 들어가면서 제이크 햄튼이 그대로 9회까지 3루를 지키게 된 것이다.

"됐어!"

타구의 위치를 확인한 로벤 테하다는 주먹을 움켜쥐었다. 지금껏 비슷한 상황에서 수없이 실수를 범해 왔던 제이크 햄튼이 퍼펙트게임이라는 중압감을 이겨내고 제대로 수비를 할 리 없다고 확신한 것이다.

하지만 제이크 햄튼도 한정훈의 퍼펙트게임을 망쳤다간 어찌 될지 누구보다 잘 알고 있었다. 그래서 이를 악물고 타구를 향해 달려가 맨손으로 공을 잡고 1루로 뿌렸다.

후앗!

송구 위치가 다소 빗나가긴 했지만, 키 큰 그린 버드가 팔을 쭉 뻗어 올리며 공을 받아냈다. 그렇게 아슬아슬하게 두 번째 아웃 카운트가 올라갔다.

"후우……."

스파이크에 박힌 흙을 털어내며 한정훈이 길게 숨을 골랐다.

이제 남은 아웃 카운트는 하나.

타석에는 메츠의 마지막 타자이자 대타인 마크 레이놀드가 들어왔다.

"어디 던져 봐!"

벼랑 끝에 몰린 마크 레이놀드는 바짝 약이 올라 있었다. 자신이 몸담은 메츠를 농락하는 한정훈에게 어떻게든 시원한 일격을 날려 버리겠다며 독기를 단단히 품었다.

하지만 주전 타자들조차 때려내지 못하는 한정훈의 공을 의욕만으로 공략한다는 건 쉬운 일이 아니었다.

펑!

펑!

퍼엉!

아담 앤더슨은 마크 레이놀드가 약한 바깥쪽 코스로만 세 개의 포심 패스트볼을 요구했다. 그리고 한정훈은 아담 앤더슨의 미트 속에 정확하게 세 개의 포심 패스트볼을 꽂아 넣었다.

"스트라이크, 아웃!"

스트라이크존을 아슬아슬하게 파고든 마지막 공을 향해 구심이 기다렸다는 듯이 삼진을 외쳤다.

그렇게 뉴욕 언론이 쓸데없는 우려를 쏟아냈던 양키즈와 메츠의 서브웨이 시리즈 1차전은 양키즈의 일방적인 승리로 끝이 났다.

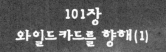

101장
와일드카드를 향해(1)

미국 전역에 생방송 되었던 서브웨이 시리즈 1차전이 끝나기가 무섭게 언론들은 한정훈의 두 번째 퍼펙트게임 소식을 전했다.

　[양키즈 에이스 한정훈, 메츠 상대로 두 번째 퍼펙트게임 달성!]
　[한정훈 21K 퍼펙트게임! 메이저리그 한 경기 최다 탈삼진 기록 경신!]
　[한정훈 5회까지 15타자 연속 탈삼진 행진! 메이저리그 최고 기록!]
　[양키즈, 한정훈 앞세워 서브웨이 시리즈 첫 경기 접수! 시리즈 스윕 노린다!]

경기 직전까지만 해도 한정훈의 부진을 점쳤던 언론들의 태도는 180도 변했다. 특히나 뉴욕 언론들은 입에 옮기기 무안할 정도로 찬사를 쏟아내며 한정훈의 호투를 추켜세웠다.

하지만 한정훈은 언제나처럼 모든 공을 동료들에게 돌렸다.

"저 혼자 이룬 승리라고 생각하지 않습니다. 감독님 이하 코치들과 모든 선수가 힘을 합친 결과입니다."

한정훈은 언론과의 인터뷰 때마다 같은 말을 앵무새처럼 반복했다. 그건 한국 언론과의 인터뷰에서도 마찬가지였다.

"15타자 연속 탈삼진 기록이 깨졌을 때 좀 짜증 나지 않았어요?"

"아니요, 전혀요. 15타자 연속 삼진을 잡아낸 것도 행운이 따랐다고 생각합니다."

"마지막에 제이크 햄튼 선수에게 타구가 갔을 때 솔직히 불안했죠?"

"제이크 햄튼은 누구보다 열심히 수비 훈련을 하고 있습니다. 비록 몇 차례 실수하긴 했지만 전 제이크 햄튼이 공격은 물론이고 수비에서도 좋은 모습을 보여줄 것이라 믿었습니다."

"메츠 테리 컬링스 감독이 다소 비열한 작전을 구사했는데 하고 싶은 말 없나요?"

"그 부분에 대해서는 노코멘트 하겠습니다."

"마지막으로 한국에서 응원하고 있는 팬들에게 한마디 해 줘요!"

"늘 좋은 모습 보여드릴 수 있도록 최선을 다하겠습니다. 아울러 국내 프로야구도 많이 사랑해 주세요."

한정훈의 정석에 가까운 대답에 한국 기자들은 저마다 고개를 흔들어 댔다. 이러는 게 하루 이틀이 아니었지만, 퍼펙트게임을 달성한 뒤에도 저렇게 침착할 수 있다는 게 놀랍기만 했다.

그러면서도 한국 기자들은 한정훈이 내셔널리그 원정 징크스에서 탈출하면서 사이영상 수상에 한 걸음 다가갔다고 입을 모았다.

"이제 사이영상은 문제없는 거겠지?"

"그럼 당연하지. 유일하게 깔 거리가 사라졌잖아."

"솔직히 성적만 놓고 보면 당연히 받아야 하는 건데 메이저리그에도 알게 모르게 동양인에 대한 차별이 심한 편이니까."

"뭐가 알게 모르게야. 거의 대놓고 하는 수준이더만."

"어쨌든 한정훈도 대단하긴 대단해. 아직 시즌이 끝나지도 않았는데 벌써 두 번째 퍼펙트게임이라니."

"한정훈 대단한 거 이제 알았어? 솔직히 인터뷰할 때마다 한 대 쥐어박고 싶긴 하지만 그래도 요즘은 한정훈 덕분에 기사 쓸 맛 난다니까. 안 그래?"

"암튼 이 기세라면 양키즈 포스트시즌 진출도 문제없을 거 같아."

"그건 두말하면 입 아픈 소리고. 두고 봐. 이번 시리즈, 양키즈가 전부 쓸어갈 테니까."

한정훈의 퍼펙트게임 달성에 들뜬 한국 기자들은 그 자리에서 서브웨이 시리즈 내기를 벌였다.

양키즈가 3승 1패를 거둘 것이라는 기자가 5명.

양키즈가 4승을 쓸어 담을 것이라는 기자가 7명.

모든 기자가 최소한 양키즈가 위닝 시리즈를 가져갈 것이라고 내다봤다.

그리고 그 예상은 적중했다.

1차전에서 19 대 0 대승을 거둔 양키즈는 예정대로 2차전에 하리모토 쇼타를 선발로 내세웠다. 그러자 메츠도 2선발 맷 아비로 맞불을 놓았다.

전날 경기와는 달리 2차전의 초반 분위기는 팽팽한 투수전 양상을 띠었다. 하리모토 쇼타는 포심 패스트볼 대신 진화된 삼색 마구를 적극적으로 활용하며 메츠 타선을 상대했다.

메츠 타자들이 전날 한정훈에게 퍼펙트게임을 당한 부진

을 만회하기 위해 적극적으로 달려들 거라는 걸 미리 간파했기 때문이다.

이에 질세라 메츠 선발 맷 아비도 최고 구속 100mile/h에 달하는 포심 패스트볼과 하드 슬라이더를 앞세워 양키즈 타선을 억눌렀다. 마치 한정훈을 떠올리게 만드는 공격적인 피칭에 양키즈 타자들도 좀처럼 안타를 때려내지 못했다.

7회까지 점수는 1 대 1. 양 팀 선발투수가 서로 피홈런 하나씩을 허용한 게 전부였다.

양 팀 중계진은 연장전이 치러질 가능성이 크다며 호들갑을 떨어댔다.

하지만 8회 초, 양키즈가 추가점을 내면서 승부가 갈렸다. 호투를 펼치고 마운드에서 내려간 맷 아비를 대신해 마운드에 올라온 불펜 투수들이 줄줄이 불을 지르기 시작한 것이다.

맷 아비의 구위에 눌렸던 양키즈 타자들은 8회 초에 3점, 9회 초에 2점을 뽑아내며 전날의 승기를 이어갔다.

반면 메츠 타자들은 더 이상의 추가 득점을 올리지 못했다. 하리모토 쇼타의 뒤를 이어 2이닝을 책임진 클레이 라이트를 공략해 내지 못한 것이다.

최종 스코어 6 대 1.

7이닝 1실점으로 호투한 하리모토 쇼타가 승리를 챙겼다.

양키즈 스타디움으로 장소를 옮겨 치러진 3차전도 양키즈의 일방적인 경기가 펼쳐졌다.

5선발로 강등된 루이스 세자르가 6이닝 2실점으로 모처럼 호투한 가운데 팀 타선이 일찌감치 폭발하면서 승리를 결정지어버린 것이다.

메츠의 테리 컬링스 감독이 반격의 키 플레이어로 지목했던 3선발 제이크 디그롬은 3이닝을 버티지 못하고 마운드에서 물러났다.

1회 말 제이크 햄튼에게 3점 홈런을 얻어맞을 때부터 분위기가 좋지 않더니 3회 말 그린 버드에게 투런포까지 내주며 완전히 무너져 버린 것이다.

결국 테리 컬링스 감독은 3회 말부터 지친 불펜을 가동해야 했다.

그나마 다행히도 5회까지는 불펜 투수들이 분전하면서 무실점으로 경기를 틀어막았지만 6회 이후 등판한 불펜 투수들은 체력 저하에 따른 제구력 난조를 보이며 실점을 거듭했다.

6회에 3점, 7회에 2점에 이어 8회에 3점까지.

타자들의 방망이가 좀처럼 식을 기세를 보이지 않는 가운데 양키즈는 최종 스코어 13 대 2로 메츠를 대파하고 시리즈 3승째를 챙겼다.

"오늘 경기는 절대 지지 않겠습니다."

궁지에 몰린 테리 컬링스 감독은 4차전을 앞두고 필승을 다짐했다.

서브웨이 시리즈의 부진으로 뉴욕 언론은 연일 십자포화를 쏘아대고 있었다. 몇몇 극성 언론은 컬링스 감독의 사퇴를 종용하기까지 했다.

이런 상황에서 마지막 경기마저 내줄 경우 오랫동안 지켜왔던 감독의 자리가 정말로 위태로워질 수 있었다.

메츠와 테리 컬링스 감독을 구해야 한다는 사명을 띠고 마운드에 오른 메츠의 선발은 잭 힐러.

비록 4선발이긴 했지만 100mile/h에 달하는 투심과 포심을 앞세워 올 시즌 9승을 챙긴 메츠의 좌완 에이스였다.

반면 양키즈는 컨디션이 좋지 않다던 다나카 마스히로를 마운드에 올렸다.

최근 들쑥날쑥한 경기력을 선보인 탓에 양키즈가 대체 선발을 내세울 것이라는 의견이 지배적이었지만 조지 지라디 감독은 메츠를 잡기 위해 당초 예정대로 다나카 마스히로를 밀어붙인 것이다.

"차라리 잘됐습니다. 다나카 마스히로의 한계 투구 수는 80구를 넘지 못할 겁니다. 경기 초반부터 물고 늘어진다면 3회 이전에 강판시킬 수 있습니다."

메츠 코칭스태프는 나름의 필승 전략을 준비했다. 부상 이후 체력에 문제를 보이는 다나카 마스히로를 일찍 끌어내리고 만만한 양키즈 불펜을 공략하면 무난하게 승리를 거둘 수 있다는 것이었다.

그런 메츠의 계획은 절반 정도 들어맞았다. 비록 실점은 하지 않았지만, 메츠 타자들의 끈질긴 승부에 3회에만 투구 수가 70구가 되어버린 다나카 마스히로를 대신해 조지 지라디 감독이 4회 초부터 불펜을 가동한 것이다.

하지만 불펜을 공략하겠다던 계획은 수포로 돌아갔다. 지칠 대로 지친 메츠 불펜 투수들과는 달리 양키즈 불펜 투수들은 생생했다. 한정훈과 하리모토 쇼타, 루이스 세자르가 무려 22이닝을 책임져 준 덕분이었다.

양키즈 불펜 투수들은 짧게는 1이닝, 길게는 2이닝을 책임지며 메츠 타선을 1실점으로 틀어막았다.

반면 메츠 불펜진은 마지막 경기에서도 제 몫을 다해내지 못했다. 8회 말에 동점을 내주더니 9회 말에 기어코 역전포를 허용하며 팀의 서브웨이 시리즈 첫 승리와 잭 힐러의 7이닝 무실점 호투를 날려 버렸다.

[양키즈, 서브웨이 시리즈 스윕!]
[리그 최고의 선발진 앞세워 양키즈 메츠를 잠재우다!]

양키즈 언론은 기념비적인 4연승을 대대적으로 보도했다. 지역 라이벌 메츠를 무너뜨리고 선두 레드삭스와의 격차를 2경기까지 좁혔다며 양키즈의 선전을 높이 샀다.

자연스럽게 양키즈가 서브웨이 시리즈를 이끈 한정훈의 퍼펙트게임이 다시금 전문가들의 입에 오르내렸다.

"한정훈은 타자로서 팀의 공격에 아무런 도움을 주지 못했습니다. 경기 후반 사사구로 출루한 게 전부였죠. 하지만 대신 마운드에서 21명의 타자를 삼진으로 돌려세우며 메츠를 꽁꽁 틀어막아 버렸습니다. 만약 이 경기에서 한정훈이 지난 내셔널리그 원정 경기 때처럼 팀 타격에 보탬이 되기 위해 무리를 했다면 결코 퍼펙트게임은 나오지 않았을 것이라고 생각합니다."

"반면 노아 선더가드는 마운드에서의 부진을 타석에서 만회하려고 노력했습니다. 그 결과가 갑작스러운 부상으로 이어졌고 결국 불펜진의 과부하를 불러일으켰습니다."

"내셔널리그 팀의 에이스 투수로서 노아 선더가드의 태도는 칭찬받아 마땅합니다. 한 시즌에 보통 80차례 이상 타석에 들어서는 내셔널리그 선발투수라면 당연히 자신에게 주어진 타석에서 최선을 다할 필요가 있다고 생각합니다."

"하지만 결과적으로 봤을 때 투구에 집중한 한정훈은 메이저리그 두 번째 퍼펙트게임을 달성하며 에이스의 역할을 다

했습니다. 그러나 노아 선더가드는 일찍 강판되며 제 몫을
다하지 못했죠."

"이 논쟁의 요점은 한정훈이 타격을 포기했고 노아 선더가
드가 타격 중에 부상을 당했다는 게 아닙니다. 한정훈과 노
아 선더가드, 둘 중 누가 에이스로서 자신의 임무에 충실했
느냐는 점입니다. 투수라면 누구든 점수를 내줄 수 있습니
다. 다만 노아 선더가드가 마운드 위에서 자신의 아쉬웠던
투구를 만회하려 했다면 어땠을까 하는 생각을 지우기 어렵
네요."

대부분의 전문가는 투구에 집중하기 위해 타격을 포기한
한정훈의 선택을 존중했다. 일부 전문가가 한정훈이 내셔널
리그의 전통을 훼손하고 무시했다며 반박했지만, 그 주장은
다수의 인정을 받지 못했다.

"간단하게 생각해 보자고요. 만약 한정훈이 노아 선더가
드보다 먼저 실점을 했다면 어땠을까요. 그때도 한정훈이 타
석에서 멍하니 공을 지켜봤을까요? 내 생각이지만 그렇지
않았을 겁니다. 어쩌면 노아 선더가드보다 더 적극적으로 타
석에 임했을지 모르죠. 단지 한정훈은 마운드 위에서의 좋은
리듬을 이어가고 싶어 했고 타격이 그걸 방해한다고 생각한
것뿐입니다. 그리고 결과적으로 퍼펙트게임으로 이어졌죠.
만약 한정훈을 비난하고 싶다면 한정훈이 팀의 승리를 망쳤

을 때, 그때 하라고요. 메이저리그 데뷔 시즌에 두 번째 퍼펙트게임을 달성한 투수를 어떻게든 깎아내리려 들지 말고요."

전문가들은 자꾸 머리를 들려는 한정훈의 타격 논란을 서둘러 덮어버렸다. 내셔널리그 투수 중에서도 타격에 집중하지 않는 투수가 적잖은데 아메리칸리그 투수 사이영상 1순위를 달리고 있는 한정훈을 가지고 왈가왈부한다는 것 자체가 말이 되지 않는다고 판단했다.

야구팬들도 한정훈의 타격에 대해 특별한 문제를 제기하지 않았다.

ㄴ그러니까 뭐가 문제인 거야? 투수인 한정훈이 팀에서 유일하게 안타를 때리지 못한 게 문제인 거야?

ㄴ그게 무슨 말도 안 되는 논리야? 퍼펙트게임을 달성한 투수에게 타격까지 원하다니. 양키즈 놈들은 역시 고마운 줄 모른다니까? 한정훈! 우리 팀으로 와! 네가 평생 삼진을 당한다 해도 무조건 널 지지할 테니까!

ㄴ어떤 양키즈 팬이 한정훈을 비난한다고 헛소문을 내는 거야? 너 레드삭스지?

ㄴ괜히 흠잡을 게 없으니까 타격 가지고 물고 늘어지는 거 같은데 가끔 보면 전문가들도 한심하다니까.

ㄴ내 말이 그 말이야. 솔직히 말해서 한정훈뿐만 아니라

대부분의 투수가 타석에 서는 걸 싫어하지 않나?

└타석에 들어가서 안타를 치려고 발버둥 치는 투수는 거의 극소수지.

└난 솔직히 안타 치고 좋아하는 투수를 이해할 수가 없어. 투수라면 삼진을 잡고 좋아해야 하는 거 아냐?

└한정훈 정도 되는 투수라면 가끔 번트나 잘 대주면 되는 거야.

└됐어. 번트 안 대도 되니까 빨리 옵트 아웃 선언하고 다저스로 오라고! 네 자리 비워놨다니까?

야구팬들의 반발이 심상치 않자 궁지에 몰린 언론들은 한정훈에 대한 투표를 열었다. 투표 공간을 통해 익명성을 보장한다면 적잖은 이가 한정훈에 대한 불만을 쏟아내 줄 것이라 여겼다.

하지만 정작 응답자 중 89%가 한정훈의 선택을 존중한다고 밝혔다. 한정훈이 좋은 성적을 냈기 때문에 문제 될 게 없다는 의견이 7%로 뒤를 이었다.

한정훈이 내셔널리그의 전통을 무시했다고 응답한 이들은 전체의 3%도 되지 않았다.

서브웨이 시리즈가 끝난 뒤에도 야구계는 한참 동안 한정훈에 대해 떠들어 댔다. 한정훈은 자신의 이야기가 잠잠해질

만하면 호투를 펼쳐 다시 이슈의 중심에 섰다.

나흘을 쉬고 등판한 인디언스와의 홈경기에서 9이닝 완봉 승을 거둔 데 이어 레이스와의 홈경기에서도 9이닝 완봉승을 달성하며 3경기 연속 완투 완봉 및 시즌 20승을 달성했다.

메이저리그에서 가장 먼저 20승 고지에 오른 한정훈은 블루제이스와의 홈경기에서도 9이닝까지 무실점으로 마운드를 지키며 올 시즌 최초 4연속 완투 기록을 세웠다.

이후 시애틀과 캔자스시티 원정에서 잠시 주춤하는 모습을 보였지만(매리너스전 8이닝 2실점 1자책 승리, 로열스전 8이닝 1실점 노디시전) 메이저리그 사무국은 한정훈을 8월의 아메리칸리그 최우수 선수로 발표했다.

언론에서는 한정훈의 5연속 월간 MVP 수상은 힘들 것이라고 예상했지만 퍼펙트게임을 포함해 5승과 네 차례나 완봉을 한 한정훈의 기록을 넘어서는 선수는 리그를 통틀어 단 한 명도 없었다.

"양키즈가 포스트시즌을 향해 달리고 있습니다. 레드삭스를 따라잡기란 쉽지 않지만, 선수들과 힘을 합쳐서 어떻게든 포스트시즌에 참가할 수 있도록 노력하겠습니다."

한정훈은 MVP 수상 소감을 통해 처음으로 포스트시즌에 대한 의지를 밝혔다. 지금껏 팀의 포스트시즌 진출 가능성을 묻는 질문에 확답을 피해왔지만 홈 10연전을 앞둔 시점에서 처음으로 속내를 드러낸 것이다.

이 점에 대해 전문가들은 영악한 인터뷰였다며 감탄을 금치 못했다.

"한창 상승세를 타던 양키즈의 분위기가 최근 들어 주춤했는데 에이스인 한정훈의 인터뷰가 선수들에게 상당한 자극제가 될 것 같습니다."

"제 생각도 같습니다. 사람들은 양키즈에 클럽하우스 리더가 없다고 말하지만, 한정훈이 조금만 더 자기표현을 해준다면 양키즈의 새로운 리더가 되어도 손색이 없을 것 같습니다."

메츠와의 서브웨이 시리즈 스윕 이후 양키즈는 인디언스와 레이스, 블루제이스에 위닝 시리즈 이상을 거두며 승승장구했다.

중간에 레드삭스를 상대로 1승 2패 루징 시리즈를 기록하긴 했지만 1, 2선발이 등판하지 않았던 만큼 결과 이상의 충격은 없다시피 했다.

그런데 에인젤스, 매리너스와의 원정 6연전부터 팀 타선이 침체에 빠졌다.

마운드는 평소와 별반 다르지 않았지만, 타자들의 방망이가 터져 주지 않으면서 연속으로 위닝 시리즈를 내주고 말았다.

그러는 사이 레드삭스는 2경기까지 좁혀졌던 격차를 5경기로 벌리는 데 성공했다.

오리올스와의 홈경기에서 다시 위닝 시리즈를 거두며 레드삭스와의 경기 차이를 하나 줄여놓았지만, 캔자스시티 원정과 오리올스 원정에서 3승밖에 챙기지 못하면서 시즌 막판 연승 가도를 달리는 레드삭스와의 격차가 더욱 벌어져 있었다. (6경기)

이런 상황에서 한정훈의 포스트시즌 발언은 풀이 죽은 선수들에게 상당한 동기 부여로 작용할 수 있었다.

팀의 에이스이자 메이저리그 최고의 투수라는 걸 실력으로 입증한 한정훈이 포스트시즌 진출을 선언하면서 한정훈을 중심으로 양키스가 똘똘 뭉치는 계기가 마련된 셈이었다.

게다가 한정훈은 양키스의 목표를 명확하게 설정했다. 지구 1위인 레드삭스를 무리해서 따라잡기보다 와일드카드를 확보해 포스트시즌 진출이라는 본래의 목적에 충실해야 한다고 은연중에 강조했다.

보스턴 언론도 한정훈의 인터뷰 내용을 대대적으로 보도했다. 그러면서 한정훈의 바람처럼 레드삭스와 양키스가 오랜만에 아메리칸리그 챔피언십 시리즈에서 맞붙길 희망한다는 뜻을 덧붙였다.

"챔피언십 시리즈라. 재미있군."

보스턴 언론 기사를 접한 브라이언 캐시 단장이 코웃음을 쳤다. 말인즉슨 메이저리그를 대표하는 명문 구단이자 라이벌로서 아메리칸리그 최강팀을 가리는 자리에서 맞붙어보자는 소리였지만 실제 레드삭스의 꿍꿍이는 따로 있었다.

동부와 중부, 서부 지구로 나뉘어 진행되는 리그 구조상 지구 1위 팀만으로는 토너먼트를 진행하기가 불가능했다.

그래서 지구 1위를 제외한 나머지 팀 중 승률이 가장 높은 두 팀에게 와일드카드를 부여해 와일드카드 결정전을 치르게 한 다음에 그 승자에게 마지막 남은 토너먼트 자리를 내어주는 시스템이 자리 잡은 것이다.

그리고 와일드카드를 통해 올라온 팀은 리그 승률 1위 팀과 맞붙는 게 규칙이었다.

만약 이 시점에서 리그가 끝나고 와일드카드 2위인 양키즈가 1위인 매리너스를 잡아내어 와일드카드 팀으로 디비전 시리즈에 합류하게 된다면 그 상대는 리그 승률 1위를 달리는 레드삭스가 될 수밖에 없었다.

당연하게도 레드삭스와 양키즈 간의 챔피언십 시리즈는 치러지려야 치러질 수가 없는 상황이었다.

하지만 레드삭스는 당당하게 챔피언십 시리즈를 운운했다. 양키즈와 레드삭스가 어울리는 무대는 리그 최강팀을 가리는 챔피언십 시리즈뿐이라며 말이다.

물론 브라이언 캐시 단장도 보스턴 언론의 주장을 이해하지 못하는 건 아니었다.

　월드 시리즈는 아메리칸리그 우승팀과 내셔널리그 우승팀이 메이저리그 최고 팀을 놓고 가리는 특별 이벤트에 불과했다.

　아메리칸리그에 소속된 팀들에게 있어 월드 시리즈 우승보다 중요한 건 당연히 리그 챔피언십 시리즈 우승이 될 수밖에 없었다.

　그러나 레드삭스가 리그 승률 1위를 달리는 상황에서 양키즈와의 챔피언십 시리즈를 운운하는 건 오해의 소지가 다분한 발언이었다.

　"당장 레인저스가 펄펄 뛰겠죠."

　앤디 패티스가 쓴웃음을 지었다. 서부 지구 1위 레인저스는 레드삭스와 두 경기 반 차이로 리그 승률 2위에 머무르고 있었다.

　만약 레드삭스가 양키즈와의 디비전시리즈를 피하기 위해 승부를 조작하려 든다면 레인저스는 중부 지구 1위를 달리는 로열스가 아니라 막강 투수진을 앞세운 양키즈를 상대해야 하는 최악의 대진표를 받아 들 수밖에 없었다.

　"확실히 레인저스는 요령을 부릴 처지가 아니니까요."

　에릭 지터도 고개를 주억거렸다. 6경기 차이로 벌어진 동부 지구와는 달리 서부 지구는 1위 레인저스와 2위 매리너스의 경기 차이가 1경기 반밖에 나지 않았다.

레드삭스가 시즌 막판 다른 팀들의 성적을 지켜보며 신인 선수들에게 기회를 준다 하더라도 똑같이 따라할 여유 자체가 없는 상태였다.

"그런데 지구 1위는 포기해야 하는 걸까?"

브라이언 캐시 단장이 고개를 들어 올렸다. 시즌이 스물일곱 경기밖에 남지 않은 상황에서 6경기를 쫓아간다는 건 불가능에 가까운 일이었다. 하지만 양키즈는 아직 레드삭스와 7경기를 남겨 놓은 상태였다.

양키즈가 레드삭스와의 맞대결에서 전승을 거두면 지구 1위는 뒤바뀌게 된다. 6승 1패만 거두어도 단숨에 5경기를 좁힐 수 있다. 그렇게만 된다면 잔여 경기 여부에 따라 얼마든지 동부 지구 1위를 노리는 게 가능해진다.

하지만 앤디 패티스는 욕심을 부리기에는 너무 늦었다며 고개를 저었다.

"브라이언, 제발 현실적으로 생각해요. 레드삭스와의 7경기를 뺀 남은 20경기에서 레드삭스 이상의 승률을 올려야 해요. 그게 가능하다고 생각하는 거예요?"

현재 양키즈의 승률은 0.570.

그리고 레드삭스의 승률은 0.615였다.

레드삭스가 지금의 승률을 유지한다고 가정한다면 맞대결을 제외한 20경기에서 최소 12승은 더 거둘 수 있었다.

이런 레드삭스를 선두 자리에서 끌어내리기 위해 양키즈에게 필요한 최소 승리는 18승.

그것도 레드삭스와의 잔여 경기를 전부 쓸어 담아 상대 전적에서 우위를 차지했을 때의 이야기였다.

18승 중 7승을 맞대결로 거둔다면 남은 20경기 중 11경기를 이겨야 한다. 요구 승률은 0.550. 이렇게만 놓고 본다면 레드삭스를 따라잡는 것도 불가능해 보이지 않는다.

그러나 실제 양키즈가 레드삭스와의 맞대결을 전부 이길 가능성은 희박한 수준이었다.

한정훈을 두 번의 시리즈에 전부 등판시킨다 하더라도 기대할 수 있는 현실적인 성적은 5승 2패 정도였다.

레드삭스가 맞대결에서 2승을 챙기면 잔여 경기 승수는 14승으로 늘어난다. 그리고 그런 레드삭스를 따라잡기 위해서 양키즈는 무려 20승을 거두어야 한다.

20승 중 레드삭스와의 맞대결에서 거둘 수 있는 승수를 5승으로 계산했으니 나머지 15승은 잔여 20경기를 통해 따내야 한다.

20경기에서 15승을 거두기 위한 요구 승률은 무려 0.750. 현재 양키즈의 승률보다 무려 0.18이 높은 수치였다.

심지어 레드삭스전을 제외한 모든 시리즈에서 위닝 시리즈를 거둔다 해도 1승이 부족했다. 최소 한 시리즈 이상은 시리즈 스윕을 해내야만 했다.

게다가 진짜 문제는 따로 있었다. 선발 로테이션상 한정훈이 레드삭스전에 등판하지 않는다는 점이었다.

조지 지라디 감독은 언론을 통해 지금의 5선발 체제를 시즌 막판까지 유지하겠다는 뜻을 밝혔다. 이동일이 끼어 있다고 해서 예전처럼 한정훈을 끌어당겨 쓰지 않겠다는 이야기였다.

브라이언 캐시 단장도 조지 지라디 감독의 판단을 존중하겠다고 말했다. 하지만 막상 보스턴 언론에게 조롱 아닌 조롱을 받고 나니 한정훈을 끌어당겨서라도 레드삭스를 뜨끔하게 만들고 싶다는 충동이 치밀었다.

"에릭의 생각은 어때? 자네도 반대야?"

브라이언 캐시 단장의 시선이 에릭 지터에게 향했다. 자신과 오랫동안 호흡을 맞춰온 에릭 지터라면 앤디 패티스처럼 반대만 하지는 않을 것이라고 여겼다.

"일단 제 생각도 앤디와 같습니다. 지금은 와일드카드 확보가 우선입니다. 레드삭스를 따라잡는 건 그다음에 해도 늦지 않습니다."

에릭 지터도 당장 레드삭스를 따라잡는 건 무리라고 말했다. 다만 앤디 패티스처럼 양키즈가 지구 1위가 될 가능성이 없다고 단언하진 않았다.

물론 지금 상태에서 그 가능성을 크게 보기란 어려웠다. 하지만 양키즈가 이번 홈 10연전에서 기대 이상의 성적을 거둔다면 이야기는 달라질 수 있었다.

"좋아, 그럼 이렇게 하지."

브라이언 캐시 단장은 두 보좌역의 의견을 종합해 타협안을 내놓았다.

이번 홈 10연전에서 양키즈가 7승 3패 이상의 성적을 거두고 레드삭스와의 격차가 4경기 차 이내로 줄어들 경우 한정훈의 등판을 하루 앞당기기로 말이다.

"둘 중 하나를 달성하는 게 아니라 두 개 모두 달성해야 하는 거 확실한 거죠?"

"그렇다니까."

"그럼 좋아요. 그 정도면 한 번 도박을 걸어볼 만하니까."

앤디 패티스는 예상보다 흔쾌히 고개를 끄덕였다. 블루제이스-레이스-다저스로 이어지는 홈 10연전에서 7승 이상을 거두기가 쉽지 않다고 판단한 것이다.

설사 양키즈가 정말 7승 3패 이상의 성적을 거두었다 하더라도 레드삭스와의 격차가 줄어들지 않으면 아무 소용없었다.

샌디에이고와 토론토를 지나 보스턴으로 돌아오는 레드삭스의 일정이 빠듯해 보이긴 했지만 적어도 승률을 깎아 먹지는 않을 것 같았다.

"저도 찬성입니다."

에릭 지터도 고개를 끄덕였다. 정말로 그 정도 성적을 거둘 수 있다면 레드삭스가 맘 편히 지구 1위를 차지하도록 내버려 둬서는 안 될 것 같았다.

"참, 그럼 다저스전은 어떻게 할까요?"

"다저스전이라니?"

"한정훈이 마지막 경기에 등판하니까 클레이튼 커셔와의 맞대결을 추진해 보라면서요."

앤디 패티스가 냉큼 화제를 전환했다. 레드삭스를 쫓아가는 것과는 별도로 브라이언 캐시 단장은 팬 서비스 차원에서 최고의 빅 매치를 준비하고 있었다. 그리고 그 일을 앤디 패티스에게 일임한 상태였다.

"다저스는 뭐래?"

"실무진과는 이야기가 잘 진행됐는데 거절당했어요. 아무래도 앤디 프리드먼 사장이 퇴짜를 놓은 모양이에요."

"뭐?"

올 시즌 한정훈의 선발 등판 경기는 전국적으로 방송되는 경우가 많았다. 처음에는 이슈적인 차원이었지만 5월 이후로는 순수하게 시청률에 근거해 한정훈 경기를 찾았다. 그만큼 한정훈을 좋아하고 그의 투구를 보려는 팬이 많다는 방증이었다.

그런 한정훈이 내셔널리그 최고의 투수 중 한 명인 클레이튼 커셔와 맞붙는다면 그 화제성은 배가 될 수밖에 없었다. 양키즈의 홈경기이긴 하지만 다저스 입장에서도 결코 손해 보는 일은 아니었다.

그런데 이런 계산에 밝은 앤디 프리드먼 다저스 사장이 제안을 거절했다고 하니 브라이언 캐시 단장은 이해가 가질 않았다.

"대체 뭐가 문제야? 등판 일정은 얼추 맞아떨어지잖아?"

"다저스도 자이언츠와 1위 다툼 중이라 클레이튼 커셔의 일정을 조정할 여유가 없나 봐요. 그렇다고 우리가 조정할 수는 없으니까요."

"일정 조정이 어려워서가 아니라 몸을 사리는 거 아냐?"

"둘 다겠죠. 게다가 올 시즌 클레이튼 커셔가 사이영상급 활약을 펼치고 있는 것도 아니니까요."

앤디 패티스는 앤디 프리드먼 사장의 심정이 충분히 이해가 갔다.

작년까지 클레이튼 커셔는 내셔널리그를 넘어 메이저리그 최고의 투수로 군림하고 있었다.

수많은 투수가 클레이튼 커셔의 아성에 도전했지만 그를 넘어서는 데는 실패했다. 오히려 라이벌 투수들조차 메이저리그 최고의 투수를 말할 때면 두말없이 클레이튼 커셔를 꼽을 정도였다.

하지만 한정훈이 메이저리그에 데뷔하면서 분위기가 달라졌다. 데뷔 시즌에 벌써 23승을 챙기며 양키즈를 포스트시즌 문턱까지 끌고 온 한정훈의 위상이 수년간 쌓아온 클레이튼 커셔의 아성을 넘보려 하고 있었기 때문이다.

만에 하나 한정훈이 클레이튼 커셔와의 맞대결에서 승리해 버린다면 메이저리그 현역 최고라는 클레이튼 커셔의 명성에 금이 갈 수밖에 없었다.

다저스의 앤디 프리드먼 사장은 선수들의 가치를 누구보다 잘 파악하기로 유명했다.

그에게 클레이튼 커셔는 한정훈과 맞바꾸자고 해도 거절할 만큼 최고의 상품이었다. 그리고 상품의 가치를 최대한 오래 유지하는 게 바로 앤디 프리드먼 사장의 역할이었다.

'월드 시리즈에서 만나지 않는 한 한정훈과 클레이튼 커셔의 맞대결은 영영 보지 못하게 될지도 모르지.'

앤디 패티스가 애써 속내를 되삼켰다. 그러자 브라이언 캐시 단장이 불만스러운 얼굴로 입을 열었다.

"그럼 한정훈의 상대는 누구야? 마에다 켄타야?"

클레이튼 커셔에 비하면 무게감이 확 떨어지긴 했지만 마에다 켄타도 나쁘진 않았다. 마에다 켄타가 일본을 대표하는 메이저리거라는 걸 적극 활용하면 매스컴의 주목을 받을 수 있을 것 같았다.

그러나 앤디 패티스는 이번에도 고개를 저었다.

"마에다 켄타도 힘들어 보입니다. 아마 마이애미 원정 때 클레이튼 커셔와 마에다 켄타를 투입할 거 같습니다."

다이아몬드 백스와의 홈경기를 치른 뒤 히트—양키즈로 이어지는 원정 6연전을 떠나는 다저스가 최우선적으로 노리는 경기는 약체인 다이아몬드 백스와 히트전일 수밖에 없었다.

게다가 양키즈전이 끝나면 곧바로 다이아몬드 백스 원정과 자이언츠 홈경기 일정이 맞물려 있었다. 다저스로서는 아메리칸리그 와일드카드 경쟁 팀인 양키즈전에서 힘을 쓸 만한 여유가 없는 상황이었다.

"젠장. 그럼 3, 4, 5선발 순서인가?"

브라이언 캐시 단장이 미간을 찌푸렸다. 다저스가 뉴욕으로 넘어오기 전까지 이동일이 두 차례 끼어 있어 잘만 하면 빅 매치를 만들 수 있겠다 싶었는데 아무래도 어려울 것 같았다.

하지만 다저스와 마찬가지로 1승이 아쉬운 양키즈 입장에서도 결코 나쁜 상황은 아니었다.

"재미는 없겠지만 실속은 차릴 수 있겠죠."

에릭 지터가 가볍게 웃었다. 다저스의 원투 펀치를 피하면
서 한정훈을 내세울 수 있는 만큼 최소 2승 1패는 거둘 수 있
을 것 같았다.

102장
와일드 카드를 향해(2)

－오늘부터 양키즈는 홈 10연전에 들어갑니다.

－한동안 원정 경기만 하느라 힘들었는데 이제 좀 마음이 편해지네요.

－메츠전 이후 오리올스전까지 양키즈는 다섯 차례 원정 시리즈를 치렀는데요. 로열스전을 제외하고 네 번이나 루징 시리즈를 기록했습니다.

－15경기에서 6승 9패였으니까요. 손해가 컸습니다.

－양키즈의 승률에 비춰봤을 때 9승 6패를 기대했는데 그 반대의 결과가 나왔죠.

－젊은 선수들이 원정 경기에 잘 적응하지 못하는 게 아쉽습니다. 물론 홈경기가 원정 경기보다 편한 건 사실이지만

솔직히 에이스인 한정훈도 홈경기와 원정 경기의 차이가 제법 나니까요.

–어쨌든 이번 홈 10연전을 통해 양키즈가 원정 경기에서의 아쉬움을 만회하길 바랍니다.

홈 10연전의 첫 상대는 블루제이스. 양키즈에 이어 아메리칸리그 동부 지구 3위를 달리고 있었다.

전반기까지만 해도 동부 지구는 양키즈–블루제이스–오리올스가 와일드카드를 두고 다투는 모양새였다. 하지만 양키즈가 후반기에 부쩍 승률을 끌어올리면서 현재 양키즈와 블루제이스는 5경기 차이로 벌어져 있었다.

"이번 3연전을 통해 블루제이스도 포스트시즌에 도전할 자격이 있다는 걸 보여주겠습니다."

블루제이스 본 기븐스 감독은 언론과의 인터뷰에서 양키즈와의 3연전을 쓸어 담고 포스트시즌에 대한 희망의 불씨를 되살리겠다고 선언했다.

전문가들도 양키즈가 방심할 경우 블루제이스에게 일격을 당할 수도 있다고 경고했다.

양키즈전에 대비해 블루제이스는 1, 2, 3선발을 전부 준비시킨 상태였다. 반면 양키즈의 선발은 하리모토 쇼타–다나카 마스히로–테너 제이슨 순서였다.

1, 2, 3선발과 2, 3, 4선발의 엇박자 매치 업이라는 걸 감안하면 블루제이스가 조금 더 유리해 보였다. 그러나 전문가들은 이번 시리즈가 양키즈 홈에서 치러진다는 점을 들어 마운드 싸움을 백중세로 보았다.

　그에 비해 타선은 블루제이스가 압도적으로 강했다. 아메리칸리그 팀 홈런 1위, 타격 3위에 오른 블루제이스 타선은 투수들에게 공포의 대상이나 다름없었다.

　만에 하나 양키즈 마운드가 블루제이스 타선을 넘지 못한다면 최소 2승 1패의 성적으로 위닝 시리즈 이상을 가져가겠다는 조지 지라디 감독의 계획도 수포로 돌아갈 수밖에 없었다. 그래서 조지 지라디 감독은 이례적으로 선수들을 불러놓고 정신력을 재무장시켰다.

　"정신 바짝 차려! 이번 시리즈를 잡지 못하면 양키즈의 포스트시즌도 없어!"

　한정훈이 나서서 한 경기를 책임져준다면 더없이 든든하겠지만 오리올스와의 원정 마지막 경기에 등판한 터라 이번 시리즈 등판이 불가능한 상태였다. 그러나 다행히도 양키즈 선수들은 한정훈이 던진 메시지를 정확하게 기억하고 있었다.

　"포스트시즌에 진출하는 건 우리라고!"

　"블루제이스 놈들, 꿈을 깨게 해주자!"

　양키즈 타자들은 블루제이스의 젊은 에이스 게리 차일드

를 초반부터 두드렸다.

1회에 2점.

2회에 2점.

3회에 1점.

경기 초반 제구가 말을 듣지 않는다는 게리 차일드의 약점을 철저하게 파고든 결과였다.

반면 블루제이스 타자들은 좀처럼 하리모토 쇼타를 공략하지 못했다. 타자들의 득점 지원에 힘입어 하리모토 쇼타가 유인구를 대폭 늘려 버렸기 때문이다.

6회까지 무려 8개의 안타를 허용했지만 하리모토 쇼타는 고비 때마다 병살타를 유도하며 무실점으로 마운드를 지켰다.

반면 게리 차일드는 5회를 버티지 못하고 강판당했다. 7피안타 4사사구 7실점. 올 시즌 최악의 피칭이었다.

경기 후반 블루제이스 타자들이 매섭게 따라붙었지만, 초반의 점수 차이를 극복하는 데는 실패했다.

최종 스코어 9 대 6.

블루제이스 본 기븐스 감독의 얼굴에 짙은 어둠이 드리워지는 순간이었다.

마이크 스토로먼과 다나카 마스히로가 맞붙은 2차전은 팽팽한 투수전으로 흘러갔다.

양 팀 타자들은 6회까지 이렇다 할 공격을 선보이지 못했다.

양키즈는 3안타 무득점, 블루제이스는 2안타 무득점.

분위기만 놓고 봤을 때 연장 승부가 불가피해 보였다.

하지만 다나카 마스히로를 대신해 불펜 투수가 올라오면서 분위기가 바뀌었다. 블루제이스 중심 타선을 상대로 홈런 두 방을 허용하며 순식간에 경기 흐름을 넘겨 버린 것이다.

양키즈 선수들도 마지막까지 분전했지만 결국 경기는 6 대 4, 블루제이스의 승리로 끝이 났다.

1승 1패.

시리즈 스코어가 동률을 이룬 가운데 운명의 3차전이 열렸다.

양키즈의 선발은 후반기에 상승세를 타고 있는 테너 제이슨이었다. 이에 맞서 블루제이스는 3선발 배런 산체스를 마운드에 올렸다.

마운드의 무게감은 신인 테너 제이슨보다 한때 팀의 에이스 역할을 수행했던 배런 산체스 쪽으로 기울었다.

게다가 2차전 승부가 결국 방망이 싸움에서 결정이 난 만큼 시리즈의 승기는 블루제이스 쪽으로 기우는 듯했다.

그러나 테너 제이슨은 모두의 예상을 비웃듯 9회까지 6피안타 2실점으로 마운드를 지키며 시즌 첫 완투승을 거두었다.

배런 산체스도 8회까지 3실점으로 양키즈 타선을 잘 막아

냈지만 9회 초 1사 만루 기회가 무산되면서 패전의 멍에를
뒤집어쓰고 말았다.

—방금 들어온 소식입니다. VIP룸에서 랜디 제이슨이 조
용히 경기를 관람했다고 합니다.
—테너 제이슨, 아버지가 지켜보는 경기라 더욱 힘을 낸
모양인데요. 가능하다면 테너 제이슨의 등판 때마다 랜디 제
이슨을 경기장에 초대했으면 좋겠습니다.

양키즈 중계진은 테너 제이슨의 호투 비결로 랜디 제이슨
의 관람을 꼽았다. 테너 제이슨도 아버지에게 부끄러운 모습
을 보여주지 않기 위해 이를 악물고 공을 던졌다며 랜디 제
이슨 효과를 인정했다.
2승 1패로 블루제이스와의 홈 3연전을 위닝 시리즈로 끝
마친 양키즈는 레이스와의 홈 4연전을 이어갔다.
1차전에서는 선발투수 루이스 세자르가 일찍 무너지며 7
대 4로 패배했지만 2차전에서 에이스 한정훈이 등판해 2피
안타 완봉승을 거두며 끓어오르려던 레이스 타선을 깔끔하
게 잠재워 버렸다.
한정훈을 공략하기 위해 레이스 타자들이 작심을 하고 빠
른 공에 타이밍을 맞추고 나왔지만, 홈경기에서 압도적으로

강한 한정훈의 기세를 이겨내지 못한 것이다.

한정훈에게 꽁꽁 눌린 레이스 타자들은 3, 4차전에서도 이렇다 할 활약을 펼치지 못했다. 3차전 선발 하리모토 쇼타는 7이닝 1실점으로 승리를 챙겼다.

4차전에 올라온 다나카 마스히로도 6.2이닝을 무실점으로 틀어막으며 팀의 연승을 이끌었다.

시리즈 스코어 3승 1패.

홈 7경기에서 5승 2패를 거둔 양키즈의 기세는 뜨거웠다. 레드삭스와의 격차는 여전했지만(5경기) 와일드카드 순위표에서는 선두를 질주하던 매리너스를 1경기 차이로 바짝 따라붙었다.

반면 뉴욕으로 넘어온 다저스의 처지는 다급했다. 후반기 자이언츠의 맹추격에 지구 선두 자리를 빼앗기고 만 것이다.

"양키즈가 강하긴 하지만 저는 다저스의 저력을 믿습니다. 뉴욕에서도 충분히 승리를 거둘 수 있다고 확신합니다."

데빈 로버츠 양키즈 감독은 언론과의 인터뷰에서 위닝 시리즈가 목표라고 밝혔다.

아울러 항간에 떠도는 클레이튼 커셔의 조기 등판 가능성을 일축했다. 한정훈이 등판하는 3차전은 몰라도 최소 1, 2차전은 승리할 수 있다고 판단한 것이다.

다저스의 선발은 크리스 데이비스-알렉스 우든-류현신

순서였다. 이에 맞서 양키즈는 테너 제이슨-루이스 세자르-한정훈을 선발로 내세우겠다고 밝혔다.

선발 대진표가 결정되자 한국은 난리가 났다. 그토록 기다리던 한정훈과 류현진의 맞대결이 기적적으로 성사되었기 때문이다.

ㄴ이거 진짜냐? 누가 주작질 한 거 아냐?
ㄴ주작은 뭔 놈의 주작. 메이저리그 홈페이지에 뜬 기사인데.
ㄴ와, 진짜 살 떨린다. 내가 진짜 좋아하는 두 사람이 실제로 맞대결을 펼칠 거라고는 생각도 못 했어.
ㄴ나도 나도. 맞대결보다 류현신 은퇴가 더 빠를 거라고 생각했는데.

한국 팬들은 한국을 대표하는 신구 메이저리거의 맞대결에 흥분을 감추지 못했다.

메이저리그에서의 위상은 한정훈이 류현신을 추월한 지 오래였지만 승패를 떠나 한국 선수가 번갈아 가며 메이저리그 마운드에 오르는 모습을 볼 수 있다는 사실만으로도 감격스럽다는 반응이 주를 이루었다.

"은퇴하기 전에 한번 맞붙고 싶었는데 이렇게 될 줄은 몰랐다."

"그러게요. 저는 형하고 월드 시리즈에서나 만날 줄 알았거든요."

"짜식, 어쨌든 잘해보자. 리그가 달라서 당분간 만나기 어려울 테니까."

"저 정말 이 악물고 던질 테니까 각오 단단히 해요, 형."

한정훈과 류현신도 경기장에서 만나 서로의 건투를 빌었다. 한국 야구팬들이 큰 관심을 가지고 지켜보는 만큼 둘 중 누구도 쉽게 양보할 생각이 없었다.

하지만 애석하게도 한국 언론들이 연일 떠들던 코리안 메이저리거들 간의 빅 매치는 무산되고 말았다. 다저스가 1차전에 이어 2차전에서도 허무하게 패배하며 시리즈 전패의 위기에 몰린 것이다.

크리스 데이비스와 테너 제이슨 간의 맞대결은 전문가들의 예상대로 7이닝 동안 3피안타 무실점으로 양키즈 타선을 잠재운 크리스 데이비스의 판정승으로 끝이 났다.

테너 제이슨도 6이닝 3실점으로 분전했지만 터지지 않는 양키즈 타선 때문에 패전의 위기로 내몰려야 했다.

그러나 크리스 데이비스의 승리가 다저스의 승리로 이어지지는 않았다. 8회 말, 양키즈 중심 타자들이 백투백홈런 포를 때려내며 경기 분위기가 뒤바뀌고 만 것이다.

경기의 하이라이트는 9회 말. 2사 1루 상황에서 3타수 무안타를 기록 중이던 3번 타자 제이크 햄튼이 다저스의 마무리투수 헨리 젠슨을 상대로 끝내기 홈런을 때려내며 기어코 동점을 만들어 냈다.

뒤이어 백투백홈런의 주인공인 그린 버드와 더스티 애클리가 흔들리는 헨리 젠슨에게 연속 2루타를 때려내며 경기를 뒤집어버렸다.

최종 스코어 4 대 3.

양키즈가 한 점 차 짜릿한 역전승을 일궈내는 순간이었다.

뒷심 부족으로 다 잡은 경기를 내준 여파는 2차전까지 이어졌다. 선발 알렉스 우든이 7.1이닝 6피안타 3실점으로 호투했지만, 팀 타선의 침묵 속에 패전의 멍에를 뒤집어쓴 것이다.

선발 루이스 세자르가 제구력 난조로 3회에 강판당할 때까지만 해도 다저스에게 유리한 분위기였으나 뒤이어 등판한 불펜 투수들이 다저스 타자들을 1실점으로 틀어막으며 2대 1, 한 점 승리를 지켜냈다.

그렇게 2승 1패를 목표로 했던 시리즈가 2패로 몰리면서 다저스 더그아웃의 고심도 깊어졌다.

다행히 자이언츠도 1승 1패를 기록하며 격차가 크게 벌어지진 않았지만(2경기 차) 만에 하나 3차전마저 내줄 경우 애리조나 원정에 대한 부담이 커질 수밖에 없다고 판단했다.

"류현신의 어깨 상태가 좋지 않아서 클레이튼 커셔를 대신

올리기로 했습니다."

결국 다저스 데빈 로버츠 감독은 있지도 않은 류현신의 부상을 핑계로 선발투수를 바꾸었다. 덕분에 브라이언 캐시 단장을 비롯해 언론들이 바라던 최고의 빅 매치가 성사되었다.

[한정훈 vs 클레이튼 커셔! 메이저리그 최고 투수들의 맞대결!]
[아메리칸리그 에이스와 내셔널리그 레전드의 한판 승부!]
[월드 시리즈 1차전에서나 볼 수 있는 최고의 빅 매치가 열리다!]

언론들은 앞다투어 한정훈과 클레이튼 커셔의 맞대결 소식을 전했다. 본래 다른 경기를 중계하려 했던 콕스 TV도 일정을 급변경, 한정훈과 클레이튼 커셔의 생중계를 선언했다.
자연스럽게 메이저리그 팬들의 반응도 뜨거워졌다.

└한정훈과 클레이튼 커셔라니! 코리안 매치를 기대한 한국 팬들에게는 미안한 이야기이지만 이게 바로 내가 원하던 경기라고!
└2연패로 몰린 다저스가 클레이튼 커셔 카드를 다급히 뽑아 든 것 같은데 아마 좋은 결과를 내긴 어려울 거야. 덕분에 난 재미있는 경기를 보겠지만.
└지금 시점에서 한정훈과 클레이튼 커셔, 둘 중 한 명을

뽑으라면 당연히 한정훈 아니야?

└이번 경기가 다저스 스타디움에서 열렸다면 클레이튼 커셔를 뽑았겠지만 양키즈 스타디움이잖아. 그럼 한정훈 이지.

└무슨 헛소리야? 클레이튼 커셔를 넘으려면 사이영상 트로피부터 채우고 오라고.

└클레이튼 커셔가 올 시즌 주춤 하다고 우스운가 본데 8월 이후 클레이튼 커셔의 성적이 어느 정도인지 아는 거야? 4승에 평균 자책점 0.75야. 내셔널리그 전체 1위라고.

└미안하지만 한정훈의 평균 자책점이 네가 말한 클레이튼 커셔의 성적보다 더 좋은 거 같은데?

└무엇보다 한정훈은 양키즈 스타디움에서 무적이지. 클레이튼 커셔가 무시당해서 속상하면 메이저리그 홈페이지에 가서 한정훈의 기록부터 먼저 찾아봐. 그럼 네가 얼마나 멍청한 소리를 지껄였는지 알게 될 테니까.

경기 직전까지 팬들은 한정훈과 클레이튼 커셔를 두고 수많은 의견을 쏟아냈다. 오늘 경기에 대한 전망에서 시작해 누가 더 나은 투수인가에 대한 소모적인 논쟁까지, 올 시즌 메이저리그 최고의 빅 매치다운 반응을 보여주었다.

이런 분위기를 의식한 듯 클레이튼 커셔는 언론과의 인터뷰에서 승리에 대한 자신감을 내비쳤다.

"한정훈이요? 아메리칸리그 최고의 투수라고 생각합니다. 하지만 아직 루키일 뿐입니다."

클레이튼 커셔는 한정훈을 햇병아리 취급했다. 자신과 비교되기 위해서는 자신의 경쟁자들부터 먼저 꺾을 필요가 있다며 은연중에 커리어를 들먹거렸다.

그러자 한정훈도 지지 않고 맞받아쳤다.

"오늘 경기에서 그 루키가 메이저리그의 레전드가 될 누군가를 꺾는 모습을 보여주겠습니다."

양 팀 더그아웃도 부산해졌다. 상대가 상대이다 보니 선수들 사이에서도 은연중에 경쟁 심리가 발동했다.

"다들 정신 바짝 차려!"

"오늘 경기에서 패배하면 와일드카드도 장담할 수 없어!"

"무슨 일이 있어도 한정훈을 쓰러뜨려야 해! 우리의 에이스가 메이저리그 최고의 투수라는 걸 우리 손으로 증명하자고!"

다저스 선수들은 저마다 결의를 다졌다. 지구 라이벌 팀 자이언츠가 약체 파드레스를 상대로 에이스 에디슨 범가너를 출격시킨 상황이었다.

자이언츠가 승리할 가능성이 농후한 상황에서 클레이튼 커셔를 등판시킨 경기를 내준다면 다저스의 포스트시즌 진출은 암울해질 수밖에 없었다.

상대적으로 5연승을 달리며 매러너스와 와일드카드 공동 1위에 올라선 양키즈 선수들은 여유가 넘쳐 있었다. 하지만 그렇다고 해서 오늘 경기의 중요성까지 망각하진 않았다.

"다들 알고 있지? 다음에 다저스를 만나려면 3년을 기다려야 한다고."

"오늘 경기의 결과가 3년 동안 꼬리표처럼 따라다닌단 말이잖아."

"그러니까 이기자고. 우리의 에이스에게 클레이튼 커셔보다 못하다는 소리를 3년간 듣게 할 순 없잖아. 안 그래?"

리그 일정상 다음번 양키즈와 다저스의 인터 리그 경기는 2025년에 잡혀 있었다. 그것도 많아 봐야 6차전이 전부였다.

3차전씩 홈과 원정을 오가는 시리즈에서 한정훈과 클레이튼 커셔의 맞대결이 또다시 성사될 수 있을지는 그 누구도 장담하기 어려웠다.

어쩌면 오늘 경기를 끝으로 역사적인 빅 매치가 영원히 열리지 않을지도 몰랐다.

물론 월드 시리즈를 통해 양키즈와 다저스가 맞붙는다면 한정훈과 클레이튼 커셔의 리벤지 매치를 올해가 가기 전에 다시 볼 수도 있겠지만 현실적으로 봤을 때 그 가능성은 0에 가까워 보였다.

103장
한정훈 vs 커서(1)

경기장을 가득 메운 관중들은 평소보다 조용했다. 마운드 위에서 한정훈이 몸을 풀고 있는데도 말이다.

양키즈 중계진도 긴장을 감추지 못했다.

－어제저녁 한숨도 못 잤습니다.

－저도 마찬가지입니다. 우리끼리야 한정훈과 클레이튼 커셔의 맞대결을 떠들긴 했지만 그게 정말로 현실이 되어버렸으니까요.

호르에 포사다의 떨리는 목소리가 마이크를 타고 울렸다.

한정훈과 클레이튼 커셔.

클레이튼 커셔와 한정훈.

메이저리그를 양분하는 아메리칸리그와 내셔널리그의 대표 투수의 맞대결이 이토록 드라마틱하게 결정될 줄은 미처 예상하지 못한 표정이었다.

－일단 양 팀 선발투수의 성적을 살펴보도록 하죠.

－클레이튼 커셔는 오늘 경기 전까지 27경기에 선발 등판해 14승 5패, 평균 자책점 2.17을 기록 중입니다.

－특히 후반기 페이스가 좋은데요. 12경기에서 7승, 평균 자책점도 1.80입니다.

중계 카메라가 클레이튼 커셔를 비추자 그 옆으로 각종 기록이 떠올랐다.

내셔널리그 다승 공동 7위, 평균 자책점 2위, 탈삼진 6위, 이닝 7위.

아메리칸리그까지 통틀어 다승 공동 15위, 평균 자책점 4위, 탈삼진 13위, 이닝 17위.

평균 자책점을 제외하면 메이저리그 최고의 투수로 불렸던 게 살짝 아쉽게 느껴졌다.

반면 한정훈의 기록은 화려했다.

-한정훈은…… 굳이 말할 필요가 없겠죠?

-한정훈의 기록을 줄줄 외우고 다니는 팬도 많으니까요.

-그래도 궁금하신 분들은 화면을 보시면 될 것 같습니다.

중계 카메라가 마운드 위에 오른 한정훈을 비추자 양키즈 중계진은 비로소 여유를 부렸다.

아메리칸리그는 물론 메이저리그 전체 다승 1위, 평균 자책점 1위, 탈삼진 1위, 이닝 1위.

한정훈이 메이저리그 최고의 투수라는 걸 증명이라도 하듯 모든 부분에서 메이저리그 1위를 질주하고 있었다.

단순히 기록만 놓고 보자면 오늘 경기도 한정훈의 완승이 예상됐다. 하지만 한정훈이 상대해야 하는 건 다저스 타자들이지 클레이튼 커셔가 아니었다.

-오늘 경기에 대한 예상들이 분분한데요.

-그렇겠죠. 어찌 보면 메이저리그 팬들이 가장 보고 싶어 했던 최고의 빅 매치니까요. 저 역시도 쉽게 예측이 되지 않습니다.

-경기 전 콕스 TV에서 설문 조사를 했는데 재미있는 결과가 나왔죠?

-한정훈의 승리를 예상하시는 분이 19%. 클레이튼 커셔

의 승리를 예상하시는 분이 18%입니다. 그리고 나머지 63%
는 오직 야구의 신만이 알 수 있다고 응답했네요.

　-보통 이런 설문 조사에는 중립적인 의견이 20% 미만으
로 나오는 경우가 많은데요.

　-지난 10년간 메이저리그를 호령했던 투수와 최소 10년
간 메이저리그를 호령할 투수가 만났으니까요. 이건 야구의
신도 쉽게 결정을 내리지 못할 겁니다.

　-한편으로는 팬들이 그만큼 오늘 경기가 명승부가 되길
바라고 있다는 생각이 드는데요.

　-저 역시도 가능하다면 이 두 투수의 맞대결을 18회까지
는 지켜보고 싶은 심정입니다.

　-말씀드리는 순간 1번 타자 제런 맬기스가 타석에 들어섭
니다.

　다저스의 1번 타자는 제런 맬기스. 타격 능력이 좋고 발이
빠른 전형적인 리드 오프형 타자였다.

　-제런 맬기스, 시즌 타율은 0.297입니다.

　-타율은 조금 아쉽지만, 출루율이 준수합니다. 0.388이니
까요.

　-좌투수를 상대할 때보다 우투수를 상대할 때 성적이 더

좋았죠?

　-우투수 상대 타율은 0.311, 출루율은 0.391입니다. 출루
율은 엇비슷하지만, 확실히 우투수를 상대로 보다 적극적인
스윙을 했다고 보입니다.

　-아메리칸리그 최고의 우완 투수인 한정훈을 상대로 제
런 맬기스가 어떤 타격을 보여줄지 지켜봐야겠습니다.

　경기 초반이지만 다저스 중계진은 제런 맬기스의 출루에
희망을 걸었다. 전성기에 비해 이닝 소화 능력이 떨어진 클
레이튼 커셔를 위해서라도 선취점이 어느 때보다 필요한 상
황이었다.

　"후우……."

　타석에 들어선 제런 맬기스의 얼굴에도 긴장감이 감돌았
다. 하지만 필요 이상으로 중압감에 짓눌린 듯한 느낌은 아
니었다. 오히려 말로만 듣던 한정훈을 상대한다는 생각에 살
짝 상기된 표정이었다.

　'이 녀석은 조심해야 해.'

　반면 아담 앤더슨의 표정은 더없이 신중했다. 앞선 두 경
기에서 제런 맬기스에게 안타 3개와 사사구 2개를 내줬으니
절로 경계심이 든 것이다.

　'일단 초구는 바깥쪽으로.'

잠시 고심하던 아담 앤더슨이 바깥쪽 포심 패스트볼 사인을 냈다. 좌타자를 상대로 초구에 바깥쪽 공을 요구하는 패턴은 타 구단의 전략 분석팀에 이미 노출이 된 상태였지만 크게 신경 쓰지 않았다.

마운드에 선 투수가 한정훈인 이상 알아도 쉽게 때려내지 못할 것이라는 믿음이 있었다.

한정훈도 가볍게 고개를 끄덕였다. 그리고 아담 앤더슨의 미트를 향해 힘껏 초구를 내던졌다.

퍼엉!

묵직한 포구음이 양키즈 스타디움에 울렸다. 동시에 제런 맬기스의 눈동자가 크게 요동을 쳤다.

'젠장! 엄청 빠르잖아?'

한정훈의 포심 패스트볼을 처음 맛본 타자들이 그러하듯 제런 맬기스의 시선도 전광판으로 향했다. 자신의 예상을 한참 뛰어넘는 공이 얼마나 빨리 날아들었는지 알고 싶은 욕망에 사로잡혔다.

제런 맬기스가 느낀 구속은 최소 105mile/h(≒168.9㎞/h) 이상이었다. 구단에서 준비한 초고속 피칭 머신으로 훈련을 했을 때 최대 105mile/h까지 사용한 적이 있었는데 그 공보다도 더 빠르다는 느낌이 들었다.

하지만 정작 전광판에 찍힌 구속은 103mile/h(≒165.7㎞/h)이었다. 마지막 숫자가 8은 아닐까 싶어 몇 번이고 눈을 깜빡거려 봤지만 103이라는 숫자는 달라지지 않았다.

'이 공이 103마일이라고?'

제런 맬기스는 머릿속이 복잡해졌다. 한정훈의 구위가 어마어마하다는 건 익히 들어 알고 있었지만, 이 정도일 줄은 미처 예상하지 못한 것이다.

하지만 구심은 제런 맬기스가 숨을 돌릴 여유를 주지 않았다. 빨리 타석에 들어서라며 제런 맬기스를 재촉했다.

"후우……."

쫓기듯 타석에 들어선 제런 맬기스의 표정이 어두워졌다. 그리고 아담 앤더슨은 그 틈을 놓치지 않았다.

'내 앞에서 2루를 두 번이나 훔쳤지? 어디 맛 좀 봐라.'

아담 앤더슨은 2구째 몸 쪽으로 떨어지는 스플리터 사인을 냈다. 제런 맬기스가 한정훈의 포심 패스트볼에 적응하지 못하도록 평소와 다른 볼 배합을 꺼내 든 것이다.

"어지간히 싫은가 보네."

사인을 확인한 한정훈이 피식 웃었다. 거의 한 시즌을 함께하며 호흡을 맞춰오긴 했지만, 아담 앤더슨은 여전히 스플리터를 부담스러워했다.

블로킹에 익숙하지 않다 보니 승부처에서 스플리터를 요구하는 경우도 없었다. 그래서 타석에 들어선 타자 중 상당

수가 스플리터를 머릿속에서 지우는 경우가 많았다.

그런데 경기 초반부터 아담 앤더슨이 검지와 중지를 펴 보였다. 그것도 한정훈이 헷갈릴까 봐 사인을 반복하는 친절함까지 베풀었다.

"그래도 너무 어처구니없이 놓치면 민망하니까 제대로 받아보라고."

한정훈은 아담 앤더슨의 바람대로 제런 맬기스의 몸 쪽으로 스플리터를 붙여넣었다.

후아앗!

빠르게 날아든 공이 제런 맬기스의 시야에 잡혔다. 그러자 제런 맬기스가 기다렸다는 듯이 방망이를 움직였다. 초구만큼은 빠르지 않은 포심 패스트볼이 겁도 없이 몸 쪽으로 들어왔다고 판단한 것이다.

하지만 포심 패스트볼처럼 날아들던 공은 마지막 순간에 뚝 하고 떨어져 제런 맬기스의 시야 밖으로 사라져 버렸다.

'스플리터!'

제런 맬기스가 뒤늦게 구종의 정체를 알아챘지만, 그때는 이미 방망이가 허공을 가른 뒤였다.

"젠장!"

제런 맬기스의 얼굴이 와락 일그러졌다.

이 타이밍에 스플리터라니.

한정훈—아담 앤더슨 배터리에 뒤통수를 한 방 얻어맞은 기분이었다.

하지만 아담 앤더슨은 그 정도로 만족하지 않았다.

'3구째 포심 패스트볼을 기다리겠지만 어림없지.'

무릎 보호대에 묻은 흙먼지를 털어내며 아담 앤더슨이 대담하게 손가락을 움직였다.

구종 사인은 손가락 넷.

코스 사인은 주먹.

한가운데로 들어오는 너클 커브를 요구한 것이다.

"진심이야?"

사인을 확인한 한정훈의 두 눈이 살짝 치떠질 정도였다.

그러자 아담 앤더슨이 손바닥으로 제 가슴을 팡팡 때렸다. 자신을 믿고 한 번 던져 달라는 소리였다.

잠시 고심하던 한정훈이 이내 고개를 끄덕였다. 아담 앤더슨이 무턱대고 너클 커브를 요구했다면 고개를 저었겠지만 3구째 사인을 위해 2구째 사인을 스플리터로 가져간 거라면 아담 앤더슨을 믿고 던질 수 있을 것 같았다.

"후우……."

포심 패스트볼을 던지듯 천천히 숨을 고른 뒤 한정훈이 있는 힘껏 공을 내던졌다.

후앗!

한정훈의 손가락 끝에서 공이 빠져나가자 제런 맬기스가 반사적으로 방망이를 움직였다.

한정훈의 경기 초반 포심 패스트볼의 구사 비율이 50%가 넘는 만큼 3구는 포심 패스트볼을 던질 것이라 확신한 것이다.

하지만 간결한 테이크백에 이어 방망이가 허리를 반쯤 빠져나오는 동안에도 공은 달려들 생각을 하지 않았다.

오히려 조급해하는 제런 맬기스를 놀리듯 너울거리며 느릿하게 날아들었다.

'젠장할!'

제런 맬기스는 이를 악물며 오른손을 놓았다. 포심 패스트볼 타이밍에 맞춰 스윙을 한 터라 방망이를 거둬들이기란 불가능에 가까웠다.

게다가 볼카운트마저 투 스트라이크 노 볼로 몰린 만큼 어떻게든 너클 커브를 커트해 내야만 하는 상황이었다.

그러나 한정훈이 평소보다 더욱 무브먼트에 신경을 써서 던진 공은 제런 맬기스가 감각적으로 내민 방망이를 피한 뒤 아담 앤더슨의 미트 속으로 빨려 들어갔다.

"스트라이크, 아웃!"

구심이 요란스럽게 삼진을 외쳤다. 그와 동시에 양키즈 스타디움 곳곳에서 함성이 터져 나왔다.

─한정훈! 까다로운 타자 제런 맬기스를 3구 삼진으로 잡아냅니다.

─3구째 너클 커브가 한복판으로 들어왔는데요. 제런 맬기스가 전혀 예상하지 못했습니다.

─대담했지만 한편으로는 위험한 공이었다는 생각도 드는데요.

─물론 한가운데 공은 위험했지만, 다저스도 한정훈을 잡기 위해 분석을 꼼꼼히 했을 테니까요. 익숙한 패턴보다 다저스 타자들을 곤욕스럽게 만들 볼 배합을 사용하는 것도 나쁘지 않다고 생각합니다.

호르에 포사다는 같은 포수로서 아담 앤더슨을 두둔했다. 아담 앤더슨이 지나치게 과감한 승부를 요구한 건 사실이지만 그렇다고 해서 새로운 시도를 나쁘게만 볼 필요는 없다고 말했다.

실제 한정훈이 경기 초반에 포심 패스트볼과 패스트볼 위주의 피칭을 한다는 건 메이저리그에 모르는 선수가 없었다.

다행히 지금까지는 한정훈의 구위로 버티고 이겨냈지만, 매번 비슷한 볼 배합으로 경기를 이끌어간다는 건 그리 권장할 만한 일이 아니었다.

그런 점에서 호르에 포사다는 아담 앤더슨의 변화를 눈여

겨봤다. 더그아웃의 지시인지 아니면 아담 앤더슨 개인의 판단인지는 몰라도 볼 배합에 대한 고민을 시작했다는 건 그만큼 주전 포수로서 자신의 역할을 자각하고 있다는 의미였다.

실제 투수 리드에 대해 아담 앤더슨을 고민하게 만든 건 한정훈이 아니라 다나카 마스히로였다.

손가락에 물집을 잡힌 이후로 경기력이 오락가락하는 다나카 마스히로를 위해 다양한 볼 배합을 연구했고 그중 일부가 성공을 거두면서 그 적용 범위를 루이스 세자르와 테너 제이슨, 하리모토 쇼타까지 확장시킨 것이다.

그리고 테너 제이슨과 루이스 세자르를 앞세워 지난 2연전을 쓸어 담으면서 아담 앤더슨은 자신의 볼 배합이 다저스에게 통할 거라는 자신감을 얻었다. 그래서 한정훈을 상대로 초반부터 다양한 볼 배합을 가져가기 시작한 것이다.

덕분에 타석에 들어선 3번 타자 야셀 푸이그는 벌써 머리가 지끈거렸다.

'경기 초반에는 패스트볼만 던지는 거 아니었어? 뭐가 어떻게 된 거야?'

경기가 시작되기 전 데빈 로버츠 감독과 코치들은 야수들을 모아놓고 세 번째 타석이 돌아오기 전까지는 다른 구종을 볼 필요 없이 한정훈의 패스트볼만 노리라고 주문했다.

노림수를 단순하게 가져가지 않으면 한정훈을 공략할 수

없다는 조급함에서 나온 궁여지책만은 아니었다. 지난 서른 경기 동안 쌓인 한정훈의 투구 데이터를 바탕으로 한 결론이었다.

한정훈이 첫 아홉 타자를 상대할 때 던지는 공들 중 패스트볼은 무려 93%에 달했다.

체인지업 계통이 7%였고 너클 커브는 거의 던지지 않았다. 그 93%의 패스트볼 중에서 포심 패스트볼의 비중은 57%나 됐다.

그다음으로 투심 패스트볼(28%)가 많았고 커터(8%)와 스플리터(7%)는 거의 던지지 않았다.

"한정훈이 던지는 공 중 93%가 패스트볼이고 그중에 다시 57%는 포심 패스트볼이라는 게 무슨 의미인 거 같아? 이봐, 푸이그! 퍼센티지 나온다고 복잡하게 생각하지 말고 잘 들어. 한정훈이 공을 두 개 던지지? 그럼 그중에 하나는 무조건 포심 패스트볼이야. 알겠어?"

다저스 코치들은 단호할 정도로 한정훈의 포심 패스트볼을 노려야 한다고 말했다. 그리고 그 조언은 두 번째 타석에 들어섰을 때도 유효했다.

타순이 한 바퀴 돌았다고 해서 한정훈의 패스트볼 위주의 경기 운영은 크게 달라지지 않았다.

패스트볼 81%, 체인지업이 17%, 커브가 2%. 변화구 구사

율이 다소 높아지긴 했지만, 코치들은 그 정도로 노림수를 바꿀 필요는 없다고 목소리를 높였다.

그래서 제런 맬기스와 마이크 존슨은 철저하게 패스트볼에 타이밍을 맞췄다. 둘 다 좌타자인 터라 한정훈이 좌타자를 상대할 때 자주 구사하는 포심 패스트볼과 커터가 들어오기만을 기다렸다.

하지만 정작 한정훈이 내던진 공들은 타자들의 예상을 완전히 빗나가 버렸다.

제런 맬기스에게는 포심 패스트볼-스플리터-너클 커브.
마이크 존슨에게는 커터-체인지업-J-스플리터.

제런 맬기스에게 던진 초구 포심 패스트볼을 제외하고는 분석과 맞는 부분이 하나도 없었다. 이런 상황에서 단순하기로 유명한 야셀 푸이그의 머릿속이 복잡해지는 건 당연한 일이었다.

'그래도 힘 하나는 엄청나니까 볼카운트부터 유리하게 만들고 보자.'

아담 앤더슨은 초구에 바깥쪽으로 빠져나가는 커터를 요구했다. 야셀 푸이그가 패스트볼에 초점을 맞추고 있다면 충분히 방망이를 내밀만 한 코스였다.

한정훈은 아담 앤더슨의 요구대로 스트라이크와 볼의 경계선상을 향해 공을 내던졌다.

후아앗!

아슬아슬하게 날아들던 공이 마지막 순간 바깥쪽으로 꺾여 나갔다. 하지만 그 공을 포심 패스트볼이라고 착각한 야셀 푸이그는 도망치는 공을 향해 방망이를 휘둘러 버렸다.

따악!

방망이 끝에 걸린 타구가 느릿하게 3루 쪽으로 굴러갔다. 이곳이 다저스 스타디움이고 3루를 어쩔 수 없이 제이크 햄튼이 지키고 있었다면 쉽지 않은 타구였겠지만 양키즈 스타디움에서의 3루수는 수비력 좋은 마르쿠스 키엘이었다.

타다닥! 팍! 후웅!

타구가 느리다는 걸 확인한 마르쿠스 키엘은 재빨리 달려 나와 공을 낚아챘다. 그리고 야셀 푸이그가 1루를 넘보지 못하도록 곧바로 공을 내던져 1루수 그린 버드의 글러브 속에 집어넣었다.

그 일련의 동작이 어찌나 깔끔하던지 양키즈 해설진은 물론이고 콕스 TV 해설진들마저 극찬을 보냈다.

─마르쿠스 키엘, 한정훈의 어깨를 가볍게 만들어주는 좋은 수비입니다.

-타구가 방망이 끝에 걸리면서 애매하게 굴러갔거든요. 타구 판단이 조금만 늦었더라도 발이 빠른 야셀 푸이그에게 내야 안타를 허용했을지 모릅니다.

-어쨌든 한정훈. 홈에서 어마어마하게 강하다는 걸 다시 한 번 입증하며 1회를 마칩니다.

-삼진 2개에 내야 땅볼 1개, 투구 수는 단 7개였습니다.

-이제 다저스의 에이스, 클레이튼 커셔가 마운드에 오를 텐데요.

-맞대결을 벌이는 한정훈을 생각한다면 어깨가 무거울지 모르겠습니다. 하지만 클레이큰 커셔의 진짜 상대는 양키즈 타자들이니까요.

-양키즈 타자 중에 클레이튼 커셔를 상대해 본 선수가 손에 꼽힐 정도죠. 다저스 타자들이 한정훈의 공을 낯설어 한 것처럼 양키즈 타자들도 클레이튼 커셔의 공에 익숙해지기까지 다소 시간이 걸릴 것 같습니다.

콕스 TV 중계진은 경기 초반은 한정훈과 클레이튼 커셔의 투수전으로 진행될 가능성이 크다고 점쳤다. 그 예상대로 클레이튼 커셔는 1회 말 양키즈의 공격을 삼자범퇴로 돌려세우며 깔끔하게 막아냈다.

탈삼진은 없었지만, 투구 수 8개로 한정훈과 얼추 균형을 맞췄다. 한정훈과의 맞대결에서 적어도 먼저 마운드를 내려가지 않겠다며 전의를 불태웠다.

그리고 클레이튼 커셔가 달궈놓은 마운드는 곧바로 한정훈에게 이어졌다.

"역시 클레이튼 커셔라 이건가."

마운드에 올라온 한정훈은 일단 흙부터 골랐다. 마운드 앞쪽에는 자신이 1회 초에 남겨 놓았던 흔적 대신 클레이튼 커셔의 족적이 깊이 패 있었다.

만약 평범한 투수였다면 클레이튼 커셔가 새겨 놓은 흔적만으로도 절로 위압감이 들었을 것이다. 클레이튼 커셔는 내셔널리그 사이영상을 5번이나 차지한 현역 최고의 좌완 투수였다. 그와 맞대결을 벌인다는 것 자체만으로도 두 어깨가 무거워질 수밖에 없었다.

하지만 한정훈은 아무렇지도 않은 얼굴로 로진백을 주물렀다. 오히려 카메라에 잡히지 않을 때 입꼬리를 살짝 비틀어 올렸다.

올스타전에서 한 차례 맞대결을 펼치긴 했지만, 그때의 클레이튼 커셔와 지금의 클레이튼 커셔는 전혀 달랐다.

올스타전에서 보여준 클레이튼 커셔의 피칭이 노련한 베테랑 같았다면 오늘 경기에서는 혈기 왕성한 20대처럼 굴고 있었다.

자신의 구속에 지지 않겠다며 초반부터 96mile/h(≒154.4km/h)이란 숫자를 전광판에 찍어대고 있었다.

클레이튼 커셔의 올 시즌 평균 구속은 92.4mile/h(≒148.7km/h).

한창때와 비교하면 평균 구속이 1mile/h이상 떨어지긴 했지만, 최고 구속은 큰 변화 없이 96mile/h 수준을 유지하고 있었다.

단순히 구속만 놓고 보자면 클레이튼 커셔는 애당초 한정훈의 상대가 되기 어려웠다.

한정훈의 포심 패스트볼 평균 구속은 무려 102.1mile/h(≒164.3km/h).

클레이튼 커셔와는 거의 10mile/h 가까이 차이가 났다.

그러나 타자들은 클레이튼 커셔의 공을 쉽게 공략해 내지 못했다. 레그 헤지테이션을 통한 디셉션이 좋고 공을 최대한 홈 플레이트 가까이 끌고 와 던지며 공의 비행거리를 단축시켰다.

커맨드는 말할 필요도 없고 내셔널리그 최상급으로 꼽히는 슬라이더와 커브를 곁들이며 타자들의 타이밍까지 빼앗아 댔다.

그렇다 보니 타자들로서는 클레이튼 커셔의 패스트볼이 100mile/h대 패스트볼보다 훨씬 더 위협적으로 느껴질 수밖에 없었다.

"나한테 자극을 받았다면 영광인데 우리 애들 기를 너무 죽여 놓으셨어."

한정훈이 슬그머니 주변으로 눈을 돌렸다. 타격 이후 타격 코치와 한참 동안 대화를 나누었던 1번 타자 브라이언 리와 2번 타자 비비 그레고리우스의 얼굴은 굳어 있었다.

클레이튼 커셔의 초구 커브에 휘말려 허무하게 파울 플라이로 물러난 3번 타자 제이크 햄튼은 더그아웃 벤치에 주저앉은 채 아직도 고개를 들지 못하고 있었다.

젊은 피가 대거 수혈되면서 타선의 짜임새가 생기긴 했지만 그렇다고 양키즈 타선이 절대적으로 강해진 건 아니었다.

특히나 에이스급 투수들을 상대할 때면 언제나처럼 빈공에 시달렸다. 1회 초 삼자범퇴로 물러나는 것도 흔한 일이었다.

하지만 오늘처럼 선수들이 자책하거나 부담을 떨쳐내지 못하는 경우는 드물었다. 다른 투수도 아니고 한정훈이 마운드에서 버티고 있는데 말이다.

"나라고 가만있을 수는 없지."

한정훈이 투수판을 밟으며 가볍게 어깨를 돌렸다. 그러자 아담 앤더슨의 눈빛이 달라졌다.

마운드 위에서 한정훈은 종종 제스처를 통해 아담 앤더슨에게 의사를 전달했다. 다른 사람은 몰라도 공을 받아주는 포수만큼은 자신의 생각과 감정을 정확하게 파악할 필요가 있다고 생각하기 때문이었다.

그리고 아담 앤더슨은 한정훈이 마운드 위에서 보여주는 특별한 움직임들을 놓치는 법이 없었다.

'힘으로 밀어붙이자 이 말이지?'

한정훈의 사인을 읽은 아담 앤더슨이 알겠다며 제 미트를 팡팡 두드렸다. 그사이 4번 타자 코일 시거가 타석에 들어왔다.

　

－다저스의 첫 타자는 4번 타자, 코일 시거입니다.

－올 시즌 19개의 홈런을 때려냈는데요. 2년 연속 30홈런은 쉽지 않아 보이지만 최근 페이스가 좋으니까요. 한정훈도 긴장해야 할 것 같습니다.

　

콕스 TV 중계진이 긴장감을 조성했다. 야셀 푸이그－코일 시거－라몬 곤잘레스－데븐 크레이크로 이어지는 다저스의 중심 타선은 내셔널리그에서도 첫 손에 꼽힐 만큼 파괴력을 갖추고 있었다.

하지만 아담 앤더슨은 별다른 고민 없이 몸 쪽으로 미트를 가져다 댔다. 한정훈도 가볍게 고개를 끄덕인 뒤 힘차게 초구를 내던졌다.

퍼엉!

묵직한 포구음이 경기장에 울렸다. 뒤이어 코일 시거가 묘한 표정으로 고개를 저었다.

－코일 시거, 볼이었다고 생각했을까요.
－어쨌든 아쉬운 공이 하나 들어왔습니다.

다저스 중계진은 코일 시거가 구심의 스트라이크 선언에 불만을 가진 것이라고 이야기했다. 하지만 양키즈 중계진의 생각은 달랐다.

－코일 시거, 한정훈의 포심 패스트볼에 놀란 모습입니다.
－확실히 좌타자의 몸 쪽으로 들어오는 포심 패스트볼은 날카롭죠. 무브먼트도 훌륭하지만 일단 로케이션이 완벽하니까요.
－노리던 공이 아니었을까요?
－그건 아닐 겁니다. 아마 분명 포심 패스트볼을 노렸겠죠. 다만 노림수만으로 공략하기에 한정훈의 공이 워낙 좋았습니다. 자신이 예상했던 수준의 공이 아니다 보니 코일 시거도 머릿속이 복잡해지는 것이겠죠.

호르에 포사다의 분석대로 코일 시거는 한정훈이 연달아 던진 포심 패스트볼을 전혀 건드리지 못하고 스탠딩 삼진으로 물러났다.

뒤이어 타석에 들어선 라몬 곤잘레스도 마찬가지. 스트라이크존 구석구석을 파고드는 104mile/h(≒167.4㎞/h)의 포심 패스트볼에 고개만 흔들다가 더그아웃으로 몸을 돌리고 말았다.

덕분에 대기 타석에서 경기를 지켜보던 6번 타자 데븐 크레이크의 머릿속은 더욱 복잡해져 있었다.

"젠장, 중심 타선을 상대로 패스트볼 승부라니. 대체 무슨 생각인 거야?"

빈 타석으로 자리를 옮기며 데븐 크레이크가 짜증을 터뜨렸다.

1회에는 포심 패스트볼을 철저하게 감추던 한정훈이 이번 이닝에서는 칠 테면 쳐 보라는 듯 포심 패스트볼을 남발하고 있었다. 마치 다저스의 중심 타선 따위는 아무것도 아니라는 것처럼 말이다.

비록 6번 타순을 치고 있지만 데븐 크레이크는 다저스의 클린업 트리오를 떠받드는 또 다른 중심 타자였다. 그렇다 보니 한정훈의 도발을 그냥 넘기기 어려웠다. 할 수만 있다면 클린업 트리오를 대신해 한정훈에게 시원한 복수를 해주고 싶었다.

'어디 그 잘난 포심 패스트볼을 던져 보시지.'

데븐 크레이크는 홈 플레이트 쪽에 바짝 붙어 섰다. 그리고 방망이를 힘껏 움켜쥐었다.

－데븐 크레이크, 평소보다 홈 플레이트 쪽에 붙어 섰습니다.

－한정훈에게 부담을 주려는 행동이겠죠?

－오늘 한정훈이 던진 포심 패스트볼의 최고 구속은 104mile/h(≒167.3㎞/h)에 달합니다. 이렇게 빠른 공을 공략하려면 몸 쪽이든 바깥쪽이든 어느 한쪽을 노리고 들어갈 수밖에 없습니다.

－그런데 한정훈이 과연 부담을 받을까요?

－어느 정도 신경은 쓰일 겁니다. 빠른 공을 던지는 투수일수록 자신의 공에 타자가 맞을지도 모른다는 부담감을 가지고 있으니까요.

콕스 TV 중계진은 데븐 크레이크가 한정훈－아담 앤더슨 배터리와의 기 싸움에서 쉽게 밀리지 않았다고 칭찬했다.

아울러 아메리칸리그 최고의 투수라 불리는 한정훈이라 하더라도 쉽사리 데븐 크레이크의 몸 쪽에 공을 던지지는 못할 것이라고 예상했다.

하지만 아담 앤더슨은 보란 듯이 몸 쪽으로 미트를 옮겨 붙였다. 그리고 한정훈도 일말의 망설임도 없이 아담 앤더슨의 미트를 향해 공을 내던졌다.

후아앗!

한정훈의 손끝을 떠난 공이 데븐 크레이크의 몸 쪽을 날카롭게 파고들었다.

그 공이 꼭 자신을 맞추려는 것같이 파고들자 데븐 크레이크가 악 소리를 내며 다급히 뒷걸음질을 쳤다. 그러나 정작 공은 홈 플레이트 모서리를 지나 아담 앤더슨의 미트 속에 정확하게 파묻혔다.

"스트라이크!"

잠시 뜸을 들이던 구심이 주먹을 들어 올렸다. 데븐 크레이크의 리액션과는 별도로 마지막 순간에 스트라이크존을 정확하게 통과했다고 판단한 것이다.

그러자 데븐 크레이크가 말도 안 된다며 펄쩍 뛰었다.

"깊었잖아요! 못 봤어요?"

"봤어. 하지만 네가 붙었잖아!"

"붙긴 뭘 붙었다는 거예요? 눈이 제대로 달린 거 맞아요?"

"시끄럽고 타석에 들어서. 어서!"

구심의 단호함에 데븐 크레이크가 입술을 질근 깨물었다.

자신이 홈 플레이트에 붙어 선 감이 없지 않지만 그렇다 하더라도 조금 전 공은 너무 꽉 차게 들어왔다. 맘 편히 방망이를 휘돌리지도 못할 정도였다.

그렇다고 인제 와서 몸 쪽 공에 몸을 사릴 수도 없는 노릇이었다. 그랬다간 한정훈이 바깥쪽 가장 먼 코스로 공을 집어넣을 게 뻔했다.

"후우……."

길게 숨을 고르던 데븐 크레이크가 다시 홈 플레이트 쪽으로 바짝 다가갔다. 그러면서 또다시 몸 쪽 공이 들어온다면 몸으로 받아버리겠다며 이를 악물었다.

'어디 자신 있으면 던져 봐!'

연패에 빠진 팀을 구하기 위해 에이스 클레이튼 커셔가 휴식일을 포기하고 등판한 상황이었다. 여기서 자신마저 허무하게 물러난다면 클레이튼 커셔의 부담감이 커질 수밖에 없었다.

'맞으려고 작정을 했군.'

데븐 크레이크의 타격 위치를 확인한 아담 앤더슨이 바깥쪽 사인을 냈다. 한정훈의 제구력을 믿지 못하는 건 아니었지만 경기 초반에 굳이 무리할 필요는 없다고 여겼다.

'정훈, 바깥쪽 공이 들어오면 칠 자신이 있나 본데 그게 얼마나 큰 착각인지 보여주자고.'

아담 앤더슨이 미트를 두 번 두드리며 한정훈을 독려했다. 한정훈도 이내 고개를 끄덕이고는 투수판을 박차며 공을 내던졌다.

후아앗!

한정훈의 손끝을 빠져나간 공이 데븐 크레이크의 눈동자 속으로 빨려 들어왔다.

'바깥쪽 포심!'

코스와 구종을 파악한 데븐 크레이크는 망설이지 않고 방망이를 내돌렸다.

후웅!

날카로운 바람 소리와 함께 방망이가 허리를 빠져나왔다. 하지만 한정훈의 공은 그보다 먼저 홈 플레이트 위를 꿰뚫고 지나가 버렸다.

퍼엉!

묵직한 포구 소리가 경기장에 울려 퍼졌다. 뒤이어 양키즈 스타디움이 떠나갈 듯한 함성이 터져 나왔다.

그 소리가 어찌나 크던지 구심의 스트라이크 콜이 묻혀 버릴 정도였다.

-데븐 크레이크, 투 스트라이크에 몰렸습니다.

-바깥쪽에 꽉 찬 포심 패스트볼이 들어왔죠.

─투구 추적 시스템의 구속은 103mile/h이 찍혔습니다. 이 정도 구속에 로케이션이면 노렸다 하더라도 맞춰내기가 쉽지 않을 것 같은데요.

─가끔 타자들이 한정훈의 바깥쪽 포심 패스트볼을 노리고 홈 플레이트에 바짝 다가서는 타격 자세를 취하곤 하는데요. 그게 얼마나 의미 없는 행동인지 한정훈이 이번 공을 통해 확실히 보여줬다는 생각이 듭니다.

양키즈 중계진은 삼진 위기를 자초한 건 데븐 크레이크라고 말했다. 한정훈처럼 제구가 좋은 투수에게 대놓고 노림수를 드러내 봐야 좋을 게 없다고 덧붙였다.

하지만 데븐 크레이크는 마지막까지 홈 플레이트에 바짝 붙어 섰다. 자신의 바람대로 2구에 바깥쪽 포심 패스트볼이 들어온 만큼 3구째도 바깥쪽 코스에 집중하기 위해서였다.

'한정훈도 별거 아냐. 150마일짜리 패스트볼을 던지는 것도 아니잖아? 침착하자. 때릴 수 있어.'

데븐 크레이크는 스스로에게 주문을 걸었다. 그렇게 하면 한정훈이 자신이 치기 좋은 바깥쪽 포심 패스트볼을 던져 줄 것만 같았다.

거구의 데븐 크레이크가 또다시 홈 플레이트에 붙어 서자 아담 앤더슨도 미간을 찌푸렸다. 마음 같아서는 보란 듯이 얼굴 쪽에 위협구 사인을 내고 싶었지만, 다혈질로 유명한 데븐 크레이크를 건드려 봐야 득이 될 게 없을 것 같았다.

'그렇게 바깥쪽이 소원이라면 이것도 한번 쳐 봐라.'

아담 앤더슨이 천천히 사인을 냈다. 그리고 바깥쪽 코스로 미트를 들어 올렸다.

'그래, 그래야지.'

아담 앤더슨의 미트를 힐끔 훔쳐본 데븐 크레이크가 씩 웃었다. 2구를 놓치긴 했지만 3구째 같은 공이 또 들어온다면 이번에는 기어코 때려낼 생각이었다.

그러나 정작 바깥쪽으로 날아든 공은 데븐 크레이크가 예상했던 궤적과 다르게 움직였다. 한정훈의 손끝을 빠져나올 때부터 살짝 높다 싶더니 마지막 순간에는 데븐 크레이크의 어깨높이로 치솟았다.

하이 패스트볼.

투 스트라이크 상황이고 때려봐야 좋은 타구를 만들어 내기 어렵다는 걸 감안하면 어떻게든 골라내야 하는 공이었다.

하지만 데븐 크레이크는 공의 무브먼트에 홀려 방망이를 내돌리고 말았다. 그것도 공이 홈 플레이트를 스쳐 지난 다음에 말이다.

퍼엉!

"스트라이크, 아웃!"

요란스런 포구음과 삼진 콜이 동시에 터져 나왔다. 뒤이어 데븐 크레이크가 한정훈 쪽으로 방망이를 내던지며 욕지거리를 내뱉었지만 쏟아지는 양키즈 팬들의 환호에 그대로 묻히고 말았다.

　─한정훈! 다저스의 4, 5, 6번 타자를 연속 삼진으로 돌려세웁니다.
　─정말 대단한 피칭입니다. 2회에는 포심 패스트볼 하나만 던졌어요.
　─한정훈이 다저스 타선을 의식해 평소보다 신중히 공을 던진다고 말했는데 제 예상이 빗나간 모양입니다.
　─아무래도 클레이튼 커셔의 영향이 없지 않았겠죠. 클레이튼 커셔가 한정훈보다 더 공격적으로 양키즈 타자들과 싸웠으니 한정훈도 자극을 받지 않을 수 없었을 겁니다.

　콕스 TV 중계진의 해설이 이어지는 동안 마운드의 주인이 바뀌었다.
　"정훈! 정말 잘했어!"
　"나이스 피칭!"
　한정훈은 동료들의 환호를 받으며 더그아웃으로 들어갔다. 그사이 클레이튼 커셔가 비어 있는 마운드 위로 올랐다.

"후우……."

클레이튼 커셔는 한참 만에 억눌렀던 한숨을 토해냈다. 의식하지 않으려 했지만 여섯 타자 중 다섯 타자를 삼진으로 돌려세우는 한정훈의 퍼포먼스는 메이저리그 최고의 투수로 군림하던 클레이튼 커셔에게 필요 이상의 긴장감을 안겨주고 있었다.

"엉망이 됐군."

심란한 마음을 달래듯 클레이튼 커셔가 마운드의 흙을 골랐다. 조금 전까지만 해도 이 마운드는 자신의 차지였다. 양키즈의 세 타자를 범타로 돌려세우는 내내 자신과 모든 걸 함께한 든든한 친구였다.

하지만 잠깐 자리를 비운 사이 마운드는 너무나도 낯선 분위기를 풍기고 있었다.

"커셔, 괜찮은 거죠?"

평소보다 클레이튼 커셔의 준비 시간이 길어지자 포수 오스틴 테너가 조심스럽게 마운드로 다가왔다.

다저스의 안방을 책임진 지 3년이 다 되어가고 있지만 클레이튼 커셔라는 위대한 투수 앞에서는 여전히 말을 붙이기가 쉽지 않았다.

"별일 아니니까 신경 쓰지 마."

클레이튼 커셔가 대수롭지 않게 말했다. 그저 마운드의 흙을 고른 것뿐인데 마치 한정훈과의 기 싸움에서 진 것처럼 말을 거니 자신도 모르게 살짝 짜증이 치밀었다.

"알겠습니다."

클레이튼 커셔의 눈치를 살피며 오스틴 테너가 냉큼 포수석으로 돌아갔다. 본능적으로 클레이튼 커셔에게 말을 걸어서는 안 된다는 사실을 알아챈 것이다.

"이만하면 됐어."

마운드 위에서 한정훈이 남긴 흔적을 전부 지워내고서야 클레이튼 커셔는 다시 투수판 위에 올라섰다.

평소보다 준비 시간이 오래 걸렸지만 구심은 클레이튼 커셔를 닦달하지 않았다. 사이영상을 5번이나 수상한 현역 최고의 좌완 투수에 대한 배려를 보여준 것이다.

양키즈의 조지 지라디 감독도 시간 지연에 대해 별다른 항의를 하지 않았다. 오히려 경기 초반부터 흥분한 클레이튼 커셔를 바라보며 슬쩍 입가를 비틀어 보였다.

"커셔가 저렇게 마운드에서 시간을 끈 적이 있던가?"

조지 지라디 감독이 클레이튼 커셔를 바라보며 혼잣말처럼 중얼거렸다. 그러자 옆에 서 있던 로비 토마스 벤치 코치가 말을 받았다.

"글쎄요. 제 기억으로는 처음 봅니다."

"그렇지? 나도 처음이야. 모르는 사람이 봤다면 월드 시리즈 7차전이라도 되는 줄 알겠어."

"어라? 아니었어요? 난 지금 다저스와 월드 시리즈 마지막 경기를 치르는 줄 알았는데요."

로비 토마스 코치의 넉살에 조지 지라디 감독의 미소가 진해졌다. 그럴수록 천하의 클레이튼 커셔를 긴장하게 만든 한정훈이 대견하게만 느껴졌다.

"세상에 저런 투수가 또 있을까?"

조지 지라디 감독의 시선이 클레이튼 커셔를 지나 한정훈 쪽으로 움직였다. 덩달아 로비 토마스 코치도 고개를 돌려 한정훈을 바라봤다.

클레이튼 커셔가 마운드에 서 있는데도 한정훈의 표정은 평소와 조금도 다르지 않았다. 하는 행동도 마찬가지였다. 음료로 가볍게 목을 축인 뒤 수건으로 가볍게 땀을 닦으며 조용히 그라운드를 응시했다.

"적어도 제가 봤던 투수 중에서는 없었습니다."

로비 토마스 코치가 진지하게 대답했다. 그동안 클레이튼 커셔와 맞대결을 벌일 만한 투수는 여럿 봐왔지만 클레이튼 커셔를 단 한 이닝 만에 심리적으로 몰아붙일 수 있는 투수는 한정훈밖에 없을 것 같았다.

무엇보다 한정훈이 대단하게 느껴지는 건 한 이닝 만에 투구 패턴이 확 바뀌었다는 것이다.

경기 전 아담 앤더슨은 클레이튼 커셔에 대한 부담감을 가지고 코치들과 대화를 나눴다.

다저스의 마운드를 클레이튼 커셔가 지키고 있는 한 타자들에게 다득점을 기대하긴 어렵다고 여겼다.

그래서 아담 앤더슨도 흔히 알려진 볼 배합 대신 새로운 볼 배합을 들고 나왔다. 그런 노력이 한정훈과 팀에 도움이 될 것이라고 판단했다.

그리고 1회 초 한정훈은 아담 앤더슨의 요구를 군말 없이 따라주었다. 평소와 다른 리드에 살짝 당황하긴 했지만 새로운 볼 배합의 목적이 팀의 승리라는 것을 알고 아담 앤더슨의 결정을 존중한 것이다.

덕분에 다저스의 1회 초 공격은 허무하게 끝이 났다. 포심 패스트볼 하나에만 초점을 맞춰 훈련해 왔던 타자들은 한정훈의 다양한 구종에 제대로 방망이를 내밀지조차 못했다.

그러자 클레이튼 커셔도 지지 않고 맞불을 놓았다. 평소 노련하게 경기를 운영하던 것과는 달리 초반부터 힘으로 양키즈 타자들의 기를 꺾어놓은 것이다.

"클레이튼 커셔의 패스트볼은 느려 터졌어. 그러니까 커브만 조심하면 돼. 그 빌어먹을 커브 때문에 패스트볼이 빠르게 느껴지니까."

야수들에게 클레이튼 커셔의 패스트볼은 대단할 게 못 된

다고 소리쳤던 양키즈 코치들은 저마다 머쓱한 표정을 지어
야 했다.

설마하니 클레이튼 커셔가 1회부터 월드 시리즈 마지막
경기처럼 전력으로 공을 던져 댈 것이라고는 생각하지 못한
것이다.

클레이튼 커셔의 힘 있는 투구에 눌린 타자들은 기가 꺾
였다.

특히나 오늘 경기에서 한정훈의 승리를 위해 홈런을 때려
내겠다고 큰소리 떵떵 쳤던 제이크 햄튼은 고개를 들지 못
했다.

코치들이 그렇게 주의하라고 했던 초구 커브에 방망이를
내밀어 죽어버렸으니 변명의 여지조차 없어진 것이다.

한정훈이 양키즈 쪽으로 돌려놓았던 분위기를 클레이튼
커셔가 다시 다저스 쪽으로 끌고 가자 한정훈도 가만있지 않
았다. 다저스 타자들의 노림수를 봉쇄하기 위해 잠시 아껴두
었던 포심 패스트볼을 꺼내 들어 4, 5, 6번 세 타자를 전부
삼진으로 돌려세운 것이다.

한정훈이 4번 타자 코일 시거를 삼진으로 잡아내면서 다
저스 쪽으로 치우쳤던 경기의 분위기가 중심을 잡았다.

그리고 한정훈이 재차 5번 타자 라몬 곤잘레스를 삼진으
로 돌려세우면서 애써 균형을 되찾았던 경기 분위기는 다시

양키즈 쪽으로 기울었다.

거기에 6번 타자 데븐 크레이크까지 삼진으로 물러나자 양키즈 스타디움은 열광의 도가니로 변해버렸다.

"그린! 한 방 날려 버리라고!"

"부담 갖지 마! 우린 한 점만 뽑아내면 돼!"

1회 말 클레이튼 커셔의 위용에 짓눌렸던 양키즈 더그아웃도 언제 그랬냐는 것처럼 활기를 되찾았다. 제 몫을 다하지 못해 마음이 무거웠던 테이블 세터 콤비 브라이언 리와 비비 그레고리우스는 물론이고 멍청한 짓을 했다고 하염없이 자책하던 제이크 햄튼조차 어느새 입가에 미소를 그리고 있었다.

이 모든 게 다름 아닌 한정훈 덕분이었다. 1회 초, 다저스 타자들을 상대로 조심스러워하는 듯한 피칭이 클레이튼 커셔의 호투와 맞물려 야수들에게 또 다른 부담감으로 전해지자 2회에 곧장 9개의 포심 패스트볼로 이닝을 끝마쳐 버린 것이다.

아메리칸리그 탈삼진 1위에 빛나는 한정훈의 연속 타자 탈삼진은 어제오늘의 일이 아니었다. 중심 타선을 연속 삼진으로 돌려세운 경우도 손에 꼽기 어려울 정도로 많았다.

하지만 메이저리그 최고로 군림하던 클레이튼 커셔를 앞에 두고 한정훈이 마운드 싸움을 주도해 나간다는 건 의미가 달랐다.

아담 앤더슨의 평소답지 않은 볼 배합과 클레이튼 커셔의 평소답지 않은 투구가 더해지면서 1회 분위기는 챔피언 클레이튼 커셔에게 한정훈이 도전장을 내민 듯한 모습이었다.

한정훈의 피칭은 더할 나위 없이 좋았지만 한정훈답지 않았다. 반면 클레이튼 커셔의 피칭은 조금 무모해 보였지만 메이저리그 최고 투수다운 느낌을 주었다.

그러나 2회 초 한정훈이 자신의 주 무기인 포심 패스트볼로 세 타자를 연속으로 돌려세우면서 분위기가 달라졌다. 이제는 클레이튼 커셔가 뭔가를 보여주지 않으면 안 되는 상황이 되어버린 것이다.

"후우……."

한참 동안 공을 쥐고 있던 클레이튼 커셔가 어렵사리 초구를 내던졌다.

후앗!

클레이튼 커셔의 손끝을 떠난 공이 순식간에 홈 플레이트를 가로질러 바깥쪽 스트라이크존에 걸치듯 들어갔다. 그러자 잠시 망설이던 구심이 조심스럽게 팔을 들어 올렸다.

"스트라이크."

예상치 못한 스트라이크를 얻어먹었지만 그린 버드는 이내 고개를 주억거렸다. 초구에 클레이튼 커셔가 보여줄 수 있는 최고의 포심 패스트볼을 보았다고 생각하니 오히려 마음이 편해졌다.

'포심 패스트볼을 보여줬으니까 이제 커브가 들어오겠지.'

그린 버드가 방망이를 단단히 움켜쥐었다.

그 순간.

후앗!

정말로 클레이튼 커셔가 폭포수 같은 커브를 내던졌다.

'커브다!'

그린 버드는 기다렸다는 듯이 방망이를 휘둘렀다.

따악!

먹힌 듯한 타격음과 함께 타구가 포수의 가랑이 사이로 빠져나갔다.

"와우, 이거 어마어마한데?"

상상 이상의 낙폭에 그린 버드가 혀를 내둘렀다. 충분히 잡았다고 생각했는데 공은 그린 버드의 예상보다 공 하나 정도 더 떨어져 버렸다.

하지만 그린 버드는 섣부른 타격이었다며 자책하거나 후회하지 않았다. 오히려 막연히 대단하다고만 여겼던 클레이튼 커셔의 커브를 건드렸다는 사실에 만족스러워했다.

'어차피 한 점 승부야. 한 점만 뽑아내면 돼. 그럼 우리 에이스가 끝까지 경기를 책임져 줄 거야.'

그린 버드는 3구째 들어온 바깥쪽 슬라이더를 여유롭게 지켜본 뒤 4구째 몸 쪽 포심 패스트볼을 통타했다. 전광판에는 96mile/h(≒154.4㎞/h)가 찍힐 만큼 전력을 다한 공이었지만 마음의 부담을 덜어낸 그린 버드에게는 그저 몸에 꽉 차게 들어온 빠른 공일 뿐이었다.

애석하게도 타구가 좌익수 야셀 푸이그의 호수비에 걸리면서 플라이 아웃이 되긴 했지만 양키즈 팬들은 박수를 아끼지 않았다.

"잘했어, 버드!"

"다음번에는 펜스 밖으로 넘겨 버리라고!"

1회까지만 해도 긴장된 모습이 역력했던 양키즈 팬들은 비로소 자신들이 머무는 곳이 양키즈 스타디움이라는 사실을 인식했다. 아울러 양키즈 스타디움에서 양키즈가 얼마나 강한지, 한정훈이 얼마나 빼어난 피칭을 선보이고 있는지, 이번 3연전에서 누가 먼저 2승을 따냈는지 전부 기억해 냈다.

그렇게 에이스 클레이튼 커셔를 앞세워 양키즈의 기세를 꺾으려 했던 데빈 로버츠 감독의 계획은 채 2회를 넘기지 못하고 깨지고 말았다.

그것도 지난 LA 언론과의 인터뷰에서 결코 클레이튼 커셔를 넘어서지 못할 것이라고 단언했던 동양인 투수에 의해 말이다.

"5회가 끝나면 조용히 불펜을 가동시켜."

심각한 얼굴로 경기를 관망하던 데빈 로버츠 감독이 혼잣 말처럼 중얼거렸다. 그러자 바로 옆에 있던 밥 그린 벤치 코치가 눈을 똥그랗게 떴다.

오늘 클레이튼 커셔를 등판시킨 건 거듭된 연투로 피로한 불펜 투수들에게 휴식을 주기 위해서였다. 클레이튼 커셔도 최소 8이닝 이상은 책임지겠다며 에이스다운 모습을 보였다. 그런데 5회가 끝난 시점에서 불펜 투수들을 준비시키라니. 이건 5회 안에 승패가 갈릴 것이라는 소리나 마찬가지였다.

"진심이십니까?"

밥 그린 코치가 나직이 되물었다. 데빈 로버츠 감독이 어떤 의도로 지시를 내렸는지 짐작은 됐지만, 마음 한편으로는 그 짐작이 틀리기를 바랐다. 데빈 로버츠 감독이 노파심에 그냥 한 이야기이길 바랐다.

그러나 포스트시즌 진출이 불확실한 상황에서 데빈 로버츠 감독도 냉정할 수밖에 없었다.

"다저스든 양키즈든 간에 5회 이전에 점수가 날 거야. 그리고 그 점수가 승패를 가르겠지. 어느 쪽이든 난 커셔를 무리시킬 생각이 없어. 누가 뭐래도 커셔는 메이저리그 최고의 투수고 다저스의 에이스니까."

데빈 로버츠 감독은 다음 경기를 고려해야 한다는 핑계를 들어 클레이튼 커셔의 조기 교체를 선언했다. 오늘 경기에서 클레이튼 커셔가 한정훈을 이길 가능성이 없다고 본 것이다.

그렇다면 적당한 시점에서 클레이튼 커셔를 불러 내리는 게 최선이었다. 팀을 위해 휴식일도 반납하고 마운드에 올랐다는 사실을 부각시키면 한정훈과의 맞대결에서 판정패를 했다 하더라도 클레이튼 커셔의 커리어에 큰 생채기는 나지 않을 터였다.

"후우…… 알겠습니다. 그렇게 지시하겠습니다."

밥 그린 코치가 무겁게 한숨을 내쉬며 고개를 숙였다. 데빈 로버츠 감독의 경기 판단 능력은 메이저리그에서도 정평이 나 있었다. 100%의 확률을 자랑하는 건 아니지만 지금처럼 경기 흐름을 단언할 때면 상당히 높은 확률로 적중하곤 했다.

"커셔의 컨디션이 좋지 않아 보이니까 5회부터 투수들을 준비시켜요."

밥 그린 코치가 조심스럽게 불펜 쪽에 데빈 로버츠 감독의 지시를 전했다. 하지만 카임 가르시아 불펜 코치는 밥 그린 코치의 말을 진지하게 받아들이지 않았다.

"컨디션이 좋지 않다고 해도 커셔라면 6이닝 정도는 버텨 줄 테니까 그때부터 준비시키면 되겠지."

가뜩이나 최근 경기에서 불펜 피로도가 높아지면서 불펜 투수들이 지친 상태였다. 게다가 오늘 경기가 끝나면 다시 다저스 스타디움으로 돌아가 휴식일 없이 곧바로 경기를 치러야 했다.

이런 살인적인 스케줄 속에서 에이스가 등판한 경기에 불펜 투수들을 한 이닝 일찍 몸 풀게 하는 건 비효율적인 짓이라고 판단했다.

그런 줄도 모르고 데빈 로버츠 감독은 포수 오스틴 테너에게 타자들을 신중히 상대하라는 사인을 냈다. 클레이튼 커셔의 교체 시점을 미리 잡아놓은 상황에서 굳이 투구 수를 아끼는 데 집중할 필요가 없다고 여겼다.

104장
한정훈 vs 커서(2)

데빈 로버츠 감독의 의지를 확인한 오스틴 테너도 볼카운
트를 최대한 활용하며 기세 오른 양키즈 타자들을 상대하려
했다.

　하지만 고작 그 정도로 양키즈 타자들의 자신감이 꺾이진
않았다.

　5번 타자 더스티 애클리는 투 스트라이크 투 볼 상황에서
바깥쪽으로 들어오는 슬라이더를 공략해 안타를 때려냈다.
클레이튼 커셔가 헛스윙을 유도하기 위해 던진 공을 더스티
애클리가 놓치지 않고 걷어 올리며 유격수 키를 살짝 넘기는
행운의 안타를 만들어 낸 것이다.

　뒤이어 타석에 들어선 베리 가멜도 풀 카운트 접전까지 승

부를 끌고 가며 클레이튼 커셔를 괴롭혔다.

8구째 클레이튼 커셔가 내던진 바깥쪽 커브를 참지 못하고 헛스윙 삼진으로 물러나긴 했지만 5구째 포심 패스트볼부터 시작해 6구째 커브, 7구째 슬라이더에 이르기까지 연속 세 개의 파울 타구를 만들며 클레이튼 커셔-오스틴 테너 배터리를 짜증스럽게 만들었다.

7번 타자 아담 앤더슨도 제법 끈질기게 클레이튼 커셔를 물고 늘어졌다. 바깥쪽으로 파고든 커브볼과 슬라이더를 지켜보다 투 스트라이크를 먹긴 했지만 이후 2개의 공을 더 골라낸 뒤에 클레이튼 커셔가 오늘 경기 처음으로 선보인 체인지업을 건드려 유격수 앞 땅볼로 물러났다.

잔루는 1루. 안타를 하나 때려내긴 했지만 양키즈의 2회 말 공격은 득점 없이 끝이 났다.

하지만 양키즈 더그아웃의 분위기는 더없이 밝았다. 1회 초 8개에 불과했던 클레이튼 커셔의 투구 수가 무려 30구로 늘어났기 때문이다.

"젠장할!"

더그아웃으로 돌아간 클레이튼 커셔는 글러브를 내던지며 흥분을 감추지 못했다.

1회에 세 타자를 깔끔하게 막아낼 때까지만 해도 막 세차를 끝낸 자동차에 올라탄 것처럼 기분이 좋았지만, 지금은 오물이 굴러다니는 진흙탕 길을 달린 것처럼 기분이 더러워져 있었다.

"저 녀석에게 안타를 맞는 게 아니었어."

클레이튼 커셔의 이글거리는 시선이 양키즈의 우익수 더스티 애클리에게 향했다. 더스티 애클리에게 빗맞은 안타를 내주지 않았다면 장타력 없는 베리 가멜과 8구 승부까지 가는 일도 없었을 터였다.

하지만 콕스 TV 중계진은 첫 타자인 그린 버드와의 승부 때부터 흐름이 꼬였다고 진단했다.

─그린 버드의 타구는 방망이에 제대로 걸렸습니다. 조금만 더 방망이 중심부에 맞았더라도 담장을 넘어갔을 겁니다.

─그 타구를 야셀 푸이그가 잡은 게 기적 같은 일이죠.

─동감입니다. 이 수비 하나로 야셀 푸이그는 제 몫을 다 했다고 생각합니다.

─그린 버드에게 큼지막한 플레이를 허용한 이후로 클레이튼 커셔의 패스트볼 구속이 3마일 정도 감소했습니다.

─아무래도 구위 위주의 투구에서 클레이튼 커셔의 장기인 제구 위주의 투구로 급선회한 느낌인데요.

─한정훈과는 정반대죠. 한정훈은 2회 다저스 중심 타자를 상대로 구위 위주의 피칭으로 돌아갔으니까요.

―두 선수가 서로 옷을 바꿔 입었다가 뒤늦게 자신의 옷을 되찾아 입은 셈이네요.

―어쨌든 클레이튼 커셔는 한정훈만큼의 뭔가를 보여주지 못했습니다.

―이번 한정훈의 피칭이 중요한데요. 이번 이닝에서도 2회의 압도적인 피칭을 이어간다면 경기 흐름 자체가 완전히 양키즈 쪽으로 넘어가 버릴지도 모릅니다.

콕스 TV 중계진은 한정훈이 클레이튼 커셔와의 초반 맞대결에서 한 걸음 앞서가고 있다는 사실을 인정했다.

그러면서 3회 공방에서도 클레이튼 커셔가 이렇다 할 만회를 하지 못한다면 오늘 경기는 한정훈의, 양키즈의 승리로 끝이 날 가능성이 커 보인다고 전망했다.

덩달아 다저스 더그아웃도 부산해졌다.

"한정훈이 다시 패스트볼 위주로 공을 던지고 있어. 그러니까 패스트볼만 노려. 알았어?"

터너 우드 코치가 팀의 베테랑 저스트 터너를 붙잡고 말했다. 7, 8, 9번으로 이어지는 하위 타선에서 뭔가 해줄 수 있는 건 저스트 터너밖에 없었다.

"걱정 마요, 코치. 내가 한 방 날리고 올 테니까."

저스트 터너는 모두가 들으라는 듯이 큰소리를 떵떵 쳤다.

젊은 선수들과의 경쟁에서 밀리면서 아메리칸리그 원정 경기가 아니면 스타팅 라인업에도 들지 못하는 신세였지만 그동안 쌓아왔던 커리어로 한정훈의 공을 충분히 공략해 낼 수 있다고 여겼다.

그러나 정작 결과는 참담했다.

"스트라이크 아웃!"

한정훈이 인정사정 봐주지 않고 내던진 3개의 포심 패스트볼에 저스트 터너는 연신 헛스윙만 해대다 타석에서 내려오고 말았다.

–한정훈, 다저스의 선두 타자 저스트 터너를 삼진으로 돌려세웁니다.

–저스트 터너, 스윙이 너무 컸죠. 저런 스윙으로는 한정훈의 패스트볼을 때려내기 어렵습니다.

–일곱 타자를 상대로 벌써 탈삼진이 6개인데요.

–아직 이른 시점이긴 하지만 데빈 로버츠 감독이 뭔가 결단을 내릴 필요가 있어 보입니다.

콕스 TV 중계진은 더 늦기 전에 다저스 불펜에서 경기에 적극적으로 개입할 필요가 있다고 말했다. 그러자 다저스 데빈 로버츠 감독도 주전 포수인 오스틴 테너 타석 때 대타를 내세웠다.

　—오스틴 테너를 대신해 잭 스나이더가 타석에 들어섭니다.

　—잭 스나이더, 발이 빠른 선수죠.

　—이번 시즌 9개의 안타가 있는데 그중 7개가 내야 안타입니다.

　—양키즈 내야수들이 긴장해야 할 것 같습니다.

　양키즈 중계진은 데빈 로버츠 감독이 잭 스나이더를 선택한 이유를 꿰뚫어 봤다. 그건 양키즈 더그아웃도 마찬가지였다.

　"기습 번트라도 대서 흐름을 끊어보려는 모양인가 본데 어림없지."

　조지 지라디 감독은 직접 나서서 내야수들에게 번트에 대비하라는 사인을 냈다. 그러면서 아담 앤더슨에게는 번트를 신경 쓰지 말라고 주문했다.

　다저스 데빈 로버츠 감독은 한정훈이 기습 번트에 대한 부담감을 가지길 바랐다. 하지만 조지 지라디 감독은 한정훈이 지금까지처럼 제 페이스대로 경기를 끌고 나가길 바랐다. 그래서 기습 번트에 대한 모든 대처를 야수들에게 맡겼다.

만약 마운드에 서 있는 투수가 다른 선수였다면 야수들도 내심 불만을 품었을 것이다. 투수는 공을 던진 직후부터 야수의 역할을 수행해야 한다. 투수가 수비를 포기하면 그 짐은 다른 야수들에게 전가될 수밖에 없었다.

하지만 조지 지라디 감독의 사인을 확인한 양키즈 내야수들은 다들 당연하다는 얼굴로 고개를 주억거렸다.

-양키즈 더그아웃에서 사인이 나온 것 같습니다.

-1루수 그린 버드와 3루수 마르쿠스 키엘이 베이스 위치까지 내려왔네요.

-잭 스나이더 선수를 양 코너에서 압박하려는 것 같은데요.

-다저스 입장에서야 어쩔 수 없는 선택이겠지만 솔직히 말하자면 성공할 가능성은 없어 보입니다. 이미 수많은 팀이 한정훈의 구위에 몰릴 때마다 번트 작전을 들고 나왔지만 이렇다 할 재미를 본 경우는 손에 꼽힐 정도죠.

-그나마도 3루수에 제이크 햄튼이 있을 때나 통했으니까요.

-네. 하지만 고맙게도 제이크 햄튼은 오늘 지명 타자로 출전해서 더그아웃에 얌전히 앉아 있죠. 그리고 그 자리는 내야수 전 포지션에서 수비가 가능한 마르쿠스 키엘이 지키

고 있습니다.

　-잭 스나이더가 마르쿠스 키엘 쪽으로 번트를 대긴 어려울 것 같은데요. 그렇다고 그린 버드 쪽을 노리기도 쉽지 않아 보입니다.

　-부상에서 복귀한 이후 그린 버드의 1루 수비는 흠잡을 데가 없습니다. 특히나 번트 타구 대처 능력은 수준급이죠.

　-잭 스나이더가 아직 경험이 부족한 만큼 마르쿠스 키엘과 그린 버드의 전진 수비에 부담을 느낄 것 같은데요. 그러다 투수 앞쪽으로 번트를 대면 어떨까요?

　-하하. 그건 그야말로 최악의 선택이죠. 메이저리그 데뷔 이후 한정훈을 지켜봐 온 이들은 잘 모르겠지만 그 전부터 한정훈에게 관심을 가졌던 이들이라면 한정훈에게 번트 타구를 굴린다는 게 얼마나 멍청한 짓인지 잘 알 테니까요.

　-그래도 혹시 모르죠. 더그아웃에서 한정훈을 흔들기 위해 그런 작전을 냈을지도요.

　-그럴 가능성이 아예 없다고 단언할 수는 없겠습니다만 정말 그런 작전을 냈다면 면전에다 대고 형편없는 작전이었다고 말해주겠습니다.

　어느 정도 여지를 남겨 두긴 했지만 호르에 포사다는 다저스가 그런 바보짓은 하지 않을 것이라고 여겼다.

양키즈만큼이나 한정훈을 간절히 원했던 다저스라면 한정훈의 수비 능력을 모르지 않을 것이라고 확신했다.

하지만 잭 스나이더가 방망이를 내던지다시피 하며 만들어낸 번트 타구는 공교롭게도 한정훈을 향해 똑바로 굴러갔다.

"내가 잡을게!"

타구의 위치를 확인한 아담 앤더슨이 냉큼 마스크를 벗어던졌다. 잭 스나이더의 발이 빠르다는 건 알고 있지만 침착하게 공을 잡아낸다면 1루에서 충분히 아웃시킬 수 있을 것 같았다.

그러나 한정훈은 자신의 정면으로 날아오는 타구를 다른 야수들에게 양보할 만큼 이기적인 선수가 아니었다.

"오지 마!"

냉큼 마운드 아래로 뛰어 내려간 한정훈이 포구 자세를 취하며 소리쳤다. 그리고 공이 글러브 안으로 들어오자 가볍게 낚아채 1루수 그린 버드의 글러브를 향해 내던졌다.

퍼엉!

순식간에 날아든 송구가 그린 버드의 글러브를 크게 흔들어 놓았다. 그와 동시에 1루심이 요란스럽게 오른팔을 휘둘렀다.

"아웃!"

기습 번트와 동시에 뒤도 돌아보지 않고 1루를 향해 내달렸던 잭 스나이더가 고개를 떨구며 더그아웃으로 몸을 돌렸다. 뒤이어 재차 한정훈의 앞쪽으로 기습 번트를 시도한 헨리 에르난데스도 마찬가지.

"아웃!"

한정훈의 깔끔한 수비에 관중들의 비웃음만 사고 말았다.

－한정훈, 정말 대단한 수비를 펼칩니다.

－2회 때 탈삼진 쇼도 대단했지만, 이번 이닝에서 보여준 수비 능력도 감탄이 절로 나오네요.

콕스 TV 중계진은 쉽게 보기 어려운 한정훈의 번트 수비에 극찬을 아끼지 않았다.

양키즈 중계진도 마찬가지. 한정훈 쪽으로 번트를 댄 것 자체가 실패의 가장 큰 이유라며 다저스 코칭스태프의 판단 미스를 꼬집었다.

그럴수록 데빈 로버츠 감독은 죽을 맛이었다. 한정훈의 기세를 어떻게든 꺾어보려고 연거푸 기습 번트 작전을 시도했는데 성공은커녕 한정훈의 완벽한 수비에 막혀 버렸으니 감독으로서 얼굴을 들기 창피할 지경이었다.

'만약 여기서 실점이라도 한다면……'

데빈 로버츠 감독이 불안한 얼굴로 그라운드를 바라봤다. 벤치의 작전 미스로 인해 아웃 카운트 두 개를 허무하게 헌납한 상황에서 클레이튼 커셔마저 흔들린다면 LA로 돌아가는 내내 비난이 쏟아질 게 뻔했다.

하지만 다행히도 클레이튼 커셔는 3회 말 양키즈의 공격을 깔끔하게 틀어막으며 데빈 로버츠 감독을 벼랑 끝에서 구해주었다.

"좋아! 커셔! 그렇게만 던지라고!"

이닝이 끝나기가 무섭게 바뀐 포수 야스마니 그린달이 클레이튼 커셔에게 달려갔다.

"역시 내 공은 네가 받아줘야 해."

클레이튼 커셔도 씩 웃으며 한때 호흡을 맞추었던 옛 친구와의 재회를 반겼다.

그 훈훈한 모습이 중계 카메라를 통해 전국으로 송출됐다.

─야스마니 그린달의 안정적인 리드가 흔들리는 클레이튼 커셔를 바로 세워준 것 같은 느낌입니다.

─부상에서 회복하고 메이저리그에 합류한 이후 오늘이 첫 경기인데요. 한때 다저스의 주전 포수로서 맹활약했던 커리어를 보여주는 것 같습니다.

─특별히 볼 배합이 달라진 것 같지는 않았는데요.

－그만큼 야스마니 그린달이 클레이튼 커셔에게 신뢰와 안정을 주고 있다는 의미겠죠. 오스틴 테너가 전도유망한 포수이긴 하지만 아직은 어리고 클레이튼 커셔 같은 위대한 투수를 리드할 만큼의 경험을 쌓지 못했으니까요.

　포수 출신답게 호르에 포사다는 백업 포수 야스마니 그린달의 활약을 높이 평가했다.

　한정훈과 좋은 호흡을 보여주고 있는 아담 앤더슨도 훌륭한 포수였지만 영리한 프레이밍을 통해 클레이튼 커셔의 기를 살려놓은 야스마니 그란달과 비교하는 게 미안할 정도였다.

　야스마니 그란달의 프레이밍은 더그아웃에서 경기를 지켜보던 아담 앤더슨에게도 상당한 자극이 되었다.

　팡! 팡!

　포수석에 앉은 아담 앤더슨이 미트를 힘껏 두드렸다. 그리고는 미트를 단단히 들어 올리며 야스마니 그란달에게 지지 않겠다는 의지를 내비쳤다.

　"그래, 내 마누라라면 그렇게 나와야지."

　한정훈은 주눅 들지 않는 아담 앤더슨이 마음에 들었다. 양키즈의 주전 포수로서 인정받기 위해서 넘어야 할 산이 많겠지만 아담 앤더슨이 지금처럼만 해준다면 언제고 호르에 포사다에 버금가는 뛰어난 포수가 될 것 같았다.

"후우……."

길게 숨을 고르며 한정훈이 아담 앤더슨을 바라봤다.

그러자 아담 앤더슨이 타석에 선 제런 맬기스를 힐끔 쳐다 보더니 몸 쪽을 파고드는 포심 패스트볼 사인을 냈다.

한정훈은 대수롭지 않게 고개를 끄덕였다. 그리고 아담 앤 더슨의 미트를 향해 힘껏 공을 내던졌다.

후아앗!

바람 소리와 함께 날아간 공이 곧장 제런 맬기스의 몸 쪽 을 파고들었다.

"윽!"

제런 맬기스가 신음을 내뱉으며 반 발자국 뒤로 물러났다. 한정훈의 공이 꼭 자신을 맞출 것처럼 느껴진 것이다.

그러나 정작 공은 구심의 스트라이크존 가장 깊숙한 곳을 스쳐 지난 뒤 아담 앤더슨의 미트 속에 파묻혔다.

"스트라이크!"

구심이 군말 없이 팔을 들어 올렸다. 제런 맬기스가 황당 하다는 얼굴로 쳐다봤지만 눈 하나 꿈쩍 하지 않았다.

–허, 저게 스트라이크라니요.

–오늘 구심의 판정이 지나치게 관대합니다.

−이곳이 양키즈 스타디움이라서 그런 것일까요?

−확실히 홈 어드밴티지를 부정하기 어려울 것 같습니다.

다저스 중계진은 구심이 지나치게 한정훈의 공을 잡아주고 있다며 불만을 터뜨렸다. 그러나 콕스 TV 중계진의 이야기는 달랐다.

−한정훈, 구심의 스트라이크존을 절묘하게 노렸습니다.

−저 코스, 클레이튼 커셔에게도 잡아준 코스였는데요.

−그렇습니다. 두 선수의 던지는 팔이 다르다 보니 헷갈릴지도 모르겠지만 구심은 1회부터 클레이튼 커셔의 몸 쪽 깊은 스트라이크를 계속 잡아줬습니다. 그 스트라이크존을 180도 뒤집어서 본다면 지금 한정훈의 공도 충분히 스트라이크라는 걸 인정할 수밖에 없을 겁니다.

콕스 TV 중계진은 오늘 구심이 1회부터 일관되게 몸 쪽 스트라이크존을 넓혀서 적용했다고 말했다. 아울러 다저스의 클레이튼 커셔 역시 그 스트라이크존의 덕을 봐왔다고 덧붙였다.

−그렇다 하더라도 제런 맬기스 입장에서는 곤욕스럽겠

어요.

-한정훈이 우투수니까요. 홈 플레이트를 정확하게 관통하는 공도 치기 부담스러운데 구심이 넓혀 놓은 스트라이크 존에 들어오는 103마일의 포심 패스트볼이라면 감히 칠 엄두를 내지 못할 것 같습니다.

콕스 TV 중계진은 한정훈-아담 앤더슨 배터리가 초구를 몸 쪽 깊숙이 찔러 넣으면서 볼카운트 싸움은 물론이고 심리적인 우위까지 챙겨갔다고 말했다.

제런 맬기스가 첫 타석 때 변칙적인 볼 배합에 당한 터라 머릿속이 복잡해질 수밖에 없다고 판단한 것이다.

"후우……."

실제로 제런 맬기스는 쉽게 방망이를 들어 올리지 못했다. 한정훈이 2구째 어떤 공을 던질지 전혀 짐작되지 않았기 때문이다.

한정훈이 첫 타석 때처럼 변칙적으로 나온다면 체인지업 계통이 날아들 가능성이 컸다.

그러나 2회 이후 포심 패스트볼 하나만 던져 왔던 걸 감안한다면 또다시 포심 패스트볼이 들어오지 말라는 보장이 없었다.

게다가 타순이 한 바퀴 돈 상태였다. 두 번째 타순부터 한정훈의 변화구 구사 비율이 다소 높아진다고 했으니 제3의 구종이 들어오지 말라는 법도 없었다.

'젠장할!'

구심의 독촉에 마지못해 방망이를 들어 올리며 제런 맬기스가 입술을 질끈 깨물었다.

원 스트라이크.

아직 볼카운트에 여유가 있었지만 제런 맬기스의 타격 자세는 투 스트라이크에 몰린 것처럼 잔뜩 움츠러들었다.

'단단히 겁을 먹었군.'

아담 앤더슨은 기다렸다는 듯이 몸 쪽 커터를 주문했다. 타격 센스가 좋은 제런 맬기스에게 같은 코스의 패스트볼은 위험할지도 모르지만, 가위바위보 싸움에서 자신의 패를 결정하지도 못한 제런 맬기스에게는 충분히 통할 것이라 여겼다.

"좋아, 나쁘지 않아."

한정훈도 씩 웃으며 고개를 끄덕였다.

2구째도 또다시 포심 패스트볼을 붙여넣을 만했지만, 아담 앤더슨은 커터를 선택했다.

그건 3구째 승부는 물론이고 세 번째 타석까지 제런 맬기스의 머릿속을 복잡하게 만들어놓겠다는 꿍꿍이였다.

후아앗!

한정훈의 손끝을 빠져나간 공이 또다시 제런 맬기스의 몸 쪽을 파고들었다.

"윽!"

막 방망이를 내밀려던 제런 맬기스가 마지막 순간에 몸을 비틀며 물러났다.

포심 패스트볼과 체인지업, 둘 중 하나일 것이라고 힘겹게 머릿속을 정리했는데 제3의 구종이 날아들 줄은 몰랐던 것이다.

그러나 야속한 구심은 이번에도 팔을 들어 올렸다.

"스트라이크!"

"이게요? 잘 봐요! 너무 깊잖아요!"

"제대로 들어왔어."

"아, 진짜. 초구도 그렇고 나한테 왜 그래요?"

"무슨 헛소리를 하는 거야? 난 공정하게 판단하고 있어. 계속 억지를 부리면 퇴장시켜 버릴 거야!"

제런 맬기스와 구심의 입씨름이 중계 카메라를 통해 전국으로 퍼져나갔다. 그 모습을 지켜보던 다저스 중계진은 제런 맬기스의 편에 서서 언성을 높였다.

–제런 맬기스, 충분히 억울할 만합니다.

–2구의 포구 지점을 보세요. 초구 때보다 더 안쪽으로 몰

렸습니다.

―이건…… 아무리 봐도 구심이 잘못 본 것 같은 느낌이
드는데요.

―구심의 판정이 늘 완벽할 수는 없겠지만 제런 맬기스,
계속해서 판정에 손해를 보고 있습니다.

투구 추적 시스템상 한정훈의 2구는 구심의 스트라이크존
을 지난 뒤 마지막 순간에 몸 쪽으로 꺾여 나갔다. 하지만 다
저스 중계진은 그에 대해 단 한마디도 언급하지 않았다.

"타임!"

다저스 데빈 로버츠 감독도 더그아웃을 박차고 나와 구심
을 압박했다.

스트라이크 볼 판정은 구심의 고유 권한이라는 걸 모르지
는 않지만, 한정훈이 던지는 공마다 스트라이크가 판정되니
약이 올라 참을 수가 없었다.

자연스럽게 관중들의 입에서 야유가 쏟아져 나왔다. 이곳
이 다저스 스타디움이었다면 데빈 로버츠 감독에게 힘이 실
렸겠지만 애석하게도 관중의 대부분은 양키즈를 응원하고
있었다.

"데빈! 뭐 하자는 거야?"

"누가 봐도 스트라이크잖아? 감독이 되어서 그런 것도 모

르는 거야?"

콕스 TV 중계진도 데빈 로버츠 감독의 등장은 구심의 스트라이크존 흔들기일 뿐이라고 일축했다.

-데빈 로버츠 감독은 구심의 스트라이크존이 틀렸다고 생각하는 걸까요?

-그럴 리가요. 그랬다면 클레이튼 커셔가 몸 쪽 깊숙한 공으로 위기를 탈출할 때마다 당연하다며 고개를 끄덕거리지 않았을 겁니다.

-결국 구심을 통해 한정훈을 흔들어 보겠다는 이야기인데요.

-글쎄요. 솔직히 효과는 크지 않을 거라고 봅니다. 이미 아메리칸리그의 여러 감독이 데빈 로버츠 감독처럼 한정훈의 스트라이크존에 민감하게 반응했지만 이렇다 할 소득을 거둔 경우는 없었거든요.

-게다가 이곳은 양키즈 스타디움이고요.

-심판들은 홈 어드밴티지는 없다고 단언하고 있지만 홈 팀에 조금 더 유리한 판정이 나올 가능성을 배제하기 어렵습니다.

-결국 구심이 스트라이크존을 바꿀 가능성은 없다는 이야기인데 그렇다면 한정훈은 어떨까요?

-제가 지금까지 한정훈의 경기를 6번 정도 중계한 것 같은데요. 한정훈처럼 볼 데드 상황을 잘 활용하는 투수는 본 적이 없습니다. 일전에 레드삭스 감독이 10분간 구심에게 항의를 하다 퇴장당한 적이 있었는데 정작 한정훈은 그다음 타자부터 시작해 4타자를 연속 삼진으로 돌려세웠죠.

-허…… 그 말은 항의하며 시간을 끄는 게 아무런 소용이 없다는 소리인데요.

-그래서 제가 한국 쪽에 알아보니 한국에서도 마찬가지였다고 합니다. 아울러 한국에서도 2년 전부터는 이런 식의 흔들기가 사라졌다고 합니다.

-그러니까 한국에서 충분히 내성이 쌓였으니 이번에도 통하지 않을 거라는 말씀이로군요.

-하하. 확답하긴 어렵습니다. 어쩌면 한정훈이 갑자기 실투를 던질지도 모르고요. 하지만 데빈 로버츠 감독이 단순히 한정훈의 투구 리듬을 망가뜨리기 위해 나온 거라면 그건 쓸데없는 짓이라고 말하고 싶습니다.

데빈 로버츠 감독은 무려 7분 동안이나 구심을 붙잡고 스트라이크 볼 판정에 대한 항의를 늘어놓은 뒤 의기양양하게 더그아웃으로 돌아갔다.

그 정도면 한정훈의 투구 밸런스가 분명 흐트러졌을 것이라고 확신을 하면서 말이다.

하지만 한정훈은 아무렇지도 않은 얼굴로 제런 맬기스를 3구 삼진으로 돌려세웠다.

한정훈이 바깥쪽으로 내던진 J—스플리터에 제런 맬기스가 허무하게 방망이를 돌려버린 것이다.

궤적상 공은 스트라이크와 볼의 경계에 있었다. 만약 제런 맬기스가 공을 지켜봤더라도 삼진을 당할 가능성이 컸다.

그러나 데런 로버츠 감독은 제런 맬기스가 한정훈의 유인구에 말려든 것이라고 여겼다.

"이런 멍청이! 공을 끈질기게 지켜봤어야지!"

데런 로버츠 감독은 직접 나서서 투 스트라이크에 몰리기 전까지 방망이를 내밀지 말라고 지시했다. 그러자 사인을 확인한 2번 타자 마이크 존스가 미간을 찌푸렸다.

"투 스트라이크까지 참으라니. 그러다 삼진을 당하면 어쩌려고?"

제구가 좋은 한정훈이 갑자기 볼을 던져 댈 것 같지는 않았지만, 마이크 존스는 마지못해 공 두 개를 지켜봤다.

"스트라이크!"

"스트라이크!"

예상대로 초구와 2구는 절묘하게 스트라이크존을 파고들었다. 한정훈이 흔들릴 거라던 데런 로버츠 감독의 예상을 비웃기라도 하듯 말이다.

"스트라이크, 아웃!"

결국 투 스트라이크에 몰린 마이크 존스도 삼진으로 물러났다. 앞서 두 개의 포심 패스트볼을 본 상태에서 몸 쪽으로 휘어져 들어오는 변형 체인지업을 참아내기 어려웠다.

"크윽! 저런 공을 걸러내야지, 대체 내 말을 어떻게 알아들은 거야!"

자신의 한정훈 흔들기가 아무런 효과도 거두지 못하자 데런 로버츠 감독은 흥분을 감추지 못했다.

하지만 애당초 먹혀들지 않을 작전이었다고는 생각하지 않았다. 그저 타자들이 자신의 작전을 제대로 이행하지 못한 것이라고 여겼다.

"푸이그! 공을 끝까지 지켜봐. 사사구라도 얻어내라고!"

데런 로버츠 감독은 타석에 들어서려던 야셀 푸이그를 불러내 신신당부를 했다.

"젠장, 뭘 기다리라는 거야."

타석에 들어서며 야셀 푸이그가 구시렁거렸다. 그리고 그 소리가 아담 앤더슨의 귓가에까지 전해졌다.

'기다려? 아하, 그래서 마이크 존슨이 초구와 2구째 반응이 없었구나.'

다저스의 작전을 알아챈 아담 앤더슨은 씩 웃으며 미트의 위치를 홈 플레이트 쪽으로 끌어당겼다.

야셀 푸이그에게 웨이팅 사인이 나왔다면 굳이 초구부터 까다로운 코스에 던질 필요가 없다고 여겼다.

'뭔가 있나 본데.'

한정훈도 대수롭지 않게 고개를 끄덕거렸다. 그리고는 아담 앤더슨의 미트를 향해 힘껏 공을 내던졌다.

후아앗!

한정훈의 손끝을 빠져나온 공이 바깥쪽으로 날아들었다. 홈 플레이트 바깥쪽에 살짝 걸쳐 들어가는 공략하기가 쉽지 않은 코스였다.

하지만 넓은 바깥쪽 코스만 노리고 들어왔던 야셀 푸이그에게 이번 공은 거의 한복판으로 몰리는 듯한 느낌마저 들었다.

'왔다!'

야셀 푸이그가 기다렸다는 듯이 방망이를 휘돌렸다.

따악!

요란한 소리와 함께 타구가 총알처럼 튕겨 나갔다.

"내가 잡을게!"

타구가 1, 2루간으로 흐르자 2루수 비비 그레고리우스가 크게 소리쳤다.

중간에 그린 버드가 커트해 내는 것보다 자신이 받는 편이 좀 더 수월하게 아웃 카운트를 늘릴 수 있다고 판단한 것이다.

타구를 향해 달려들 것처럼 굴던 그린 버드도 비비 그레고리우스의 소리를 듣고는 냉큼 1루로 되돌아갔다.

타구가 1루 쪽으로 치우치긴 했지만 비비 그레고리우스라면 충분히 처리해 줄 것이라 믿었다.

그사이 비비 그레고리우스는 타구를 향해 대각선으로 내달렸다. 그리고 바운드가 되려는 타구를 향해 글러브를 쭉 뻗어냈다.

그런대.

"으악!"

타구가 생각보다 높게 튀어 올랐다. 비비 그레고리우스가 억지로 뛰어오르며 바운드를 맞춰봤지만, 타구는 글러브 끝을 스치고 그대로 내야를 빠져나가 버렸다.

"크아아!"

다저스 선수 중 처음으로 1루를 밟은 야셀 푸이그가 홈런을 친 것처럼 좋아했다. 덩달아 다저스 더그아웃에서도 함성이 터져 나왔다.

"푸이그으으!"

"잘했어!"

다저스 선수들은 야셀 푸이그가 답답했던 경기 분위기를

바꿔놨다며 기뻐했다.

하지만 정작 다저스 데빈 로버츠 감독은 쓴웃음을 머금었다. 야셀 푸이그가 벤치의 사인을 무시하고 안타를 만들어냈기 때문이다.

물론 공격적인 야셀 푸이그 성격상 스트라이크로 들어오는 공을 그냥 넘기기란 쉽지 않았을 것이다.

그러나 벤치에서 어떤 의도로 사인을 냈는지 정도는 파악할 필요가 있었다.

"어떻게 할까요?"

밥 그린 벤치 코치가 데빈 로버츠 감독을 바라봤다. 데빈 로버츠 감독의 의도대로 경기가 진행되지는 않았지만, 야셀 푸이그가 출루한 만큼 작전을 변경할 필요가 있어 보였다.

"코일 시거에게 맡겨. 푸이그는 1루에 꼼짝 말고 붙어 있으라고 하고."

데빈 로버츠 감독이 굳은 얼굴로 말했다. 이렇게 된 이상 팀의 4번 타자가 뭔가 해결해 주길 기대하는 게 최선처럼 느껴졌다.

그러나 이번에도 야셀 푸이그는 벤치의 사인을 무시해 버렸다.

자신이 본 헤드 플레이를 종종 범한다고 해서 팀이 처음으로 잡은 기회를 1루에 서서 구경하고 싶지 않았다.

'이 녀석, 무슨 생각인 거지?'

야셀 푸이그가 성큼성큼 리드 폭을 넓히자 1루수 그린 버드가 글러브를 까닥거렸다. 아담 앤더슨은 그 신호를 놓치지 않았다. 그리고 다시 한정훈에게 견제 사인을 냈다.

"허……."

슬쩍 고개를 돌려 야셀 푸이그의 리드 폭을 확인한 한정훈은 헛웃음이 났다. 올 시즌 도루가 3개뿐인 야셀 푸이그가 저 정도로 리드를 넓힐 줄은 예상하지 못한 것이다.

"그렇게 죽고 싶다면 보내드려야지."

한정훈은 마치 공을 던질 것처럼 길게 숨을 골랐다. 야셀 푸이그도 한정훈의 등판이 부풀어 오르는 걸 보고는 2루 쪽으로 무게중심을 기울였다.

그 순간.

후앗!

한정훈이 번개처럼 몸을 돌려 1루를 향해 공을 내던졌다.

"젠장!"

화들짝 놀란 야셀 푸이그가 다급히 1루 쪽으로 몸을 돌렸다. 하지만 무려 네 걸음이나 리드를 넓힌 탓에 몸을 날린다 한들 1루에 닿을 것 같지 않았다.

그렇다면 냉큼 몸을 틀어 2루 쪽으로라도 내달리는 적극성이 필요했다.

그러나 야셀 푸이그는 1루수 그린 버드의 글러브에 공이 들어가자 그 자리에 서서 저항을 포기해 버렸다.

　덕분에 그린 버드는 땀 흘리지 않고 세 번째 아웃 카운트를 제 손으로 잡아낼 수 있었다.

　－야셀 푸이그, 당황스러운 플레이가 나왔습니다.

　－처음부터 리드가 지나치게 넓었는데요. 데빈 로버츠 감독의 표정을 보니 도루 사인이 나온 거 같지는 않습니다.

　－오늘 경기 처음으로 맞이한 기회인데 올 시즌 도루가 3개뿐인 야셀 푸이그에게 단독 도루 사인을 내지는 않았겠죠.

　－그러고 보니 도루 성공률도 형편없네요. 10번을 시도해 3번을 성공시켰으니까요.

　－결국 한정훈의 집중력을 흐트러뜨려 보겠다는 생각이었던 것 같은데 리드가 너무 과했습니다. 게다가 자세도 나빴어요. 언제든 견제가 들어올 수 있다고 생각하고 1루 쪽으로 귀루할 준비를 해야 했는데 그런 모습이 전혀 보이지 않습니다.

　－한정훈에게서 첫 안타를 빼앗았다는 자신감이 과했다고 생각됩니다.

　콕스 TV 중계진은 야셀 푸이그의 본 헤드 플레이가 다저스의 천금 같은 기회를 날렸다며 혹평을 쏟아냈다. 그러면서 데빈 로버츠 감독 성격상 야셀 푸이그를 교체할 가능성이 크다고 전망했다.

그런 콕스 TV 중계진의 예상은 적중했다. 4회 말 양키즈 공격 때 야셀 푸이그를 대신해 로베르토 라엘이 좌익수 자리에 들어간 것이다.

—야셀 푸이그의 본 헤드 플레이에 대한 경고성 교체가 이루어졌습니다.

—한정훈으로부터 안타를 뽑아낼 때까지만 해도 분위기가 좋았었는데요. 아쉽게 됐네요.

—야셀 푸이그, 이해할 수 없다며 고개를 절레절레 흔들고 있는데요.

—팀의 중심 타자로서 팀을 위한 플레이를 해야 하는데 의욕만 앞섰으니까요. 데빈 로버츠 감독의 결정이 충분히 이해가 갑니다.

다저스 중계진은 야셀 푸이그의 교체가 당연해 보인다며 데빈 로버츠 감독에게 힘을 실어주었다.

안타를 쳤으니 본 헤드 플레이쯤은 문제 될 게 없다고 생각할지 모르겠지만 애써 피어오르던 추격의 의지에 찬물을 끼었었다는 점에서 괘씸죄가 적용될 수밖에 없었다.

　-지금으로서는 로베르토 라엘이 야셀 푸이그의 빈자리를
잘 메워주길 바랄 수밖에 없을 것 같습니다.
　-수비적인 부분에서는 오히려 클레이튼 커셔에게 큰 힘
이 되어주겠지만 공격적인 부분까지 도움이 될지는 솔직히
미지수입니다.

　다저스 중계진의 예상대로 로베르토 라엘은 안정적인 수
비로 클레이튼 커셔의 어깨를 가볍게 만들어주었다.
　따악!
　3번 타자 제이크 햄튼이 잡아당긴 타구가 좌익 선상 쪽으
로 뻗어 나갔다.
　순간 양키즈 스타디움의 관중들이 너 나 할 것 없이 자리
에서 벌떡 일어났다. 타구의 방향상 2루타가 나올 가능성이
크다고 판단한 것이다.
　하지만 타구는 미리 선상 수비를 하고 있던 로베르토 라엘
의 글러브 속으로 아슬아슬하게 빨려 들어가 버렸다.

　-로베르토 라엘! 엄청난 수비를 보여줍니다!
　-저건 정말 대단한 수비네요. 만약 저 자리에 야셀 푸

이그가 있었다면 아마 제이크 햄튼은 3루까지 내달렸을 겁니다.

다저스 중계진은 흥분을 감추지 못했다. 로베르토 라엘이 야셀 푸이그의 본 헤드 플레이로 어수선해진 팀 분위기를 바로잡았다며 극찬을 아끼지 않았다.

"좋았어! 라엘! 잘했어!"
클레이튼 커셔도 로베르토 라엘을 향해 글러브를 두드렸다.
만약 이 타구가 빠져나갔다면 무사 2루, 혹은 무사 3루 상황에서 양키즈의 중심 타선과 맞닥뜨려야 했다.
당연히 실점으로 이어질 가능성이 클 수밖에 없었다.
"젠장, 선취점이 날아갔군."
반면 양키즈 조지 지라디 감독은 아쉬움을 삼켜야 했다. 설마하니 이 상황에서 로베르토 라엘의 슈퍼 캐치가 나올 줄은 예상하지 못한 것이다.
그 아쉬움은 그린 버드가 풀카운트 접전 끝에 사사구를 얻어내고 더스티 애클리가 2루타를 때려내면서 더욱 짙어졌다.

-더스티 애클리! 오늘 클레이튼 커셔를 상대로 두 개의

안타를 뽑아냅니다.

　-첫 타석 때 안타는 행운이 따랐지만, 이번 안타는 정확하게 좌중간을 갈랐습니다.

　-그린 버드의 걸음이 조금만 빨랐더라도 양키즈가 선취점을 낼 수 있었을 텐데요.

　-그런 점에서 로베르토 라엘의 호수비를 또다시 칭찬하지 않을 수가 없을 것 같네요.

　-동의합니다. 만약 그 수비가 아니었다면 전광판의 점수가 달라져 있었을 겁니다.

　1사 주자 2, 3루 상황에서 조지 지라디 감독은 베리 가멜 대신 채이스 해틀리를 대타로 기용했다.

　브레이브스와의 트레이드 이후 주전에서 밀려나 주로 대타로 출전하고 있지만 채이스 해틀리의 해결사 본능은 아직 녹슬지 않았다는 평가를 받고 있었다.

　게다가 채이스 해틀리는 클레이튼 커셔를 상대한 경험이 많았다.

　안타를 많이 때려내지는 못했지만 클레이튼 커셔의 유인구에 쉽게 현혹되지 않을 것이라는 믿음을 주기에 충분했다.

　"그렇게 나온다면……."

　조지 지라디 감독이 승부를 걸자 데빈 로버츠 감독도 지지 않고 사인을 냈다.

고의사구.

사인을 확인한 클레이튼 커셔가 미간을 찌푸렸지만, 부담스러운 채이스 해틀리보다 아담 앤더슨을 상대하는 게 낫다고 판단했다.

클레이튼 커셔는 조금씩 빠지는 공을 연달아 던져 채이스 해틀리를 1루로 내보냈다. 그러자 이번에는 양키즈 불펜이 소란스러워졌다.

"지금이 기회입니다. 대타를 써야 합니다."

"제 생각도 같습니다. 한 점만 따내면 오늘 경기를 이길 수 있습니다."

코치들은 한 목소리로 아담 앤더슨 타석 때 대타를 기용해야 한다고 말했다.

한정훈이 아담 앤더슨을 선호한다는 걸 모르지는 않지만 지금은 선취점이 더 중요하다고 입을 모았다.

그러나 조지 지라디 감독은 고개를 흔들었다.

"대타라고 해봐야 브라이언 마칸뿐이잖아."

대타 카드도 마땅치 않거니와 작전을 내기도 쉽지 않다고 판단한 것이다.

1사 주자 만루 상황에서 양키즈 팬들이 가장 먼저 떠올릴 대타 카드는 채이스 해틀리였다. 그리고 그다음이 바로 지명 타자로 활약했던 브라이언 마칸이었다.

올 시즌을 끝으로 은퇴를 선언한 브라이언 마칸은 아직도 녹록지 않은 펀치력을 보여주고 있었다.

대타 타율은 낮았지만 노련한 만큼 큼지막한 외야 플라이를 날려 줄 수 있을 것 같았다.

하지만 조지 지라디 감독의 입장에서는 최악의 상황을 염두에 두지 않을 수 없었다.

브라이언 마칸은 심각할 정도로 발이 느렸다. 게다가 작전 수행 능력이 떨어졌다.

브라이언 마칸이 모두의 기대 대로 최소 희생 플라이를 때려내 준다는 보장이 있다면 모르겠지만 그게 아니라면 고민이 깊어질 수밖에 없었다.

그렇다고 발 빠른 매스 윌리엄스를 대타로 쓰기도 어려웠다. 그렇다면 작전을 걸어야 하는데 3루 주자 그린 버드도 걸음이 느리긴 마찬가지였다.

'제이크 햄튼의 그 타구만 빠졌더라도 이런 고민은 하지 않았을 텐데.'

조지 지라디 감독은 입술을 깨물며 아담 앤더슨으로 밀어붙였다. 그리고 그 결과는 평범한 내야 플라이로 이어졌다.

─클레이튼 커셔, 또다시 위기를 넘깁니다.

-아직 경험이 부족한 아담 앤더슨을 상대로 커브를 3개나 던진 게 주효했습니다.

　-이제 아웃 카운트가 하나 남았습니다. 이번 위기를 잘 넘겨야 경기의 흐름을 유지할 수 있을 텐데요.

　-다음 타자가 마르쿠스 키엘인 만큼 양키즈 쪽에서 대타 카드를 사용할지도 모르겠습니다.

　콕스 TV 중계진은 조지 지라디 감독이 마지막 승부수를 띄울 것이라고 전망했다.

　아담 앤더슨이야 한정훈 때문에 바꾸지 못했다지만 마르쿠스 키엘은 달랐다.

　수비에 있어서는 의심할 여지가 없지만, 공격력은 많이 부족한 편이었다.

　오죽했으면 2할대 초발의 타율을 기록 중인 아담 앤더슨이 마르쿠스 키엘을 대신해 7번 타순으로 올라갈 정도였다.

　그러나 이번에도 조지 지라디 감독은 마르쿠스 키엘을 밀어붙였다. 마르쿠스 키엘을 대신해 제이크 햄튼이 3루 수비를 봐야 한다는 사실에 부담을 느낀 것이다.

　따악!

　이를 악물고 타석에 들어선 마르쿠스 키엘은 클레이튼 커셔의 2구째 슬라이더를 밀어쳐 큼지막한 타구를 만들어

냈다.

　하지만 애석하게도 타구는 또다시 선상 수비를 하고 있던 로베르토 라엘의 글러브 속으로 빨려 들어가고 말았다.

　그렇게 양키즈의 4회 말 공격은 아쉽게 끝이 났다. 그리고 다저스의 5회 초 공격을 막아내기 위해 한정훈이 천천히 마운드 위에 올랐다.

to be continued

스킬의 제왕

이형석 퓨전 판타지 장편소설

인간군 검병2부대 소속, 강무열.
과거로 돌아오다.

검과 마법, 그리고 정령까지.
인류가 염원하는 그 힘을 얻을 방법이 내 기억 속에 남아 있다.
미래의 스킬을 아는 자.

후회의 전생을 딛고 신의 땅에서
인류의 멸망을 막기 위해
제왕이 되고자 일어서다!

"이제 내가 권좌에 오르겠다."

Wi
Boo